오늘
하루도
당신
거예요

오늘 하루도 당신 거예요
ⓒ김용신 2012

초판 1쇄 발행일 2012년 4월 20일
초판 2쇄 발행일 2012년 5월 3일

지 은 이 김용신
펴 낸 이 이정원

출판책임 박성규
편집책임 선우미정
편집진행 이은
편   집 김상진 · 한진우 · 조아라
디 자 인 김지연
일러스트 클로이
마 케 팅 석철호 · 나다연 · 도한나
경영지원 김은주 · 김은지
관   리 구법모 · 엄철용
제   작 이수현

펴 낸 곳 도서출판 들녘
등록일자 1987년 12월 12일
등록번호 10-156
주   소 경기도 파주시 교하읍 문발리 출판문화정보산업단지 513-9
전   화 마케팅 031-955-7374   편집 031-955-7381
팩시밀리 031-955-7393
홈페이지 www.ddd21.co.kr

ISBN 978-89-7527-996-6(13800)
값은 뒤표지에 있습니다. 잘못된 책은 구입하신 곳에서 바꿔드립니다.

오늘 하루도 당신 거예요

김용신 지음

들녘

그대와 여는 아침, 김용신입니다.

'오늘 하루도 당신 거예요'는 제가 진행하는 라디오 프로그램 〈그대와 여는 아침〉의 끝인사입니다. 모든 창작물이 그렇듯이, 만들어 놓고 나면 그 다음은 향유자의 몫인 것처럼 이 끝인사 단 한 문장도 제 입을 떠나니 많은 사람들의 가슴속에 나름의 의미로 새겨져 있다는 걸 알게 됐습니다. 어떤 분은 50년이 다 되도록 오늘이라는 시간이 내 것이라는 것을 깨닫지 못했었다 고백하기도 했고, 어떤 분은 더 이상 남의 것처럼 질질 끌려가며 살지 않겠다는 결심을 들려주기도 했습니다. 적극적으로. 씩씩하게 살아보겠다, 회피하지 않고 책임지며 살아보겠다, 더는 나 자신을 희생만 하며 살지 않겠다, 나를 돌아보며 살아보겠다, 나를 위해 준비돼 있는 시간처럼 맞아보겠다, 끝인사 한 문장에 이런 벅찬 다짐을 되뇌기도 했습니다. 내 시간과 삶의 주인이 되어 살아보겠다는 청취자들의 이야기가 없었더라면, 저에게도 그냥 습관처럼 내뱉는 의례적인 말이 되었을지 모릅니다. 하지만, 이제 이 문장은 간간이 저를 따끔하게도 만들고 설레게도 합니다.

라디오 생방송 두 시간. 웃고 울고 이야기하고 노래를 듣
는 그 순간, 뜨겁게 서로를 만나기에 더 없이 매력적인 시간
입니다. 그런데 방송이 끝나고 스튜디오 문을 열고 나오는
순간부터 방금 전 그 시간이 아득한 꿈처럼 손에 잘 쥐어
지지 않을 때가 있습니다. on air(방송 중)라는 빨간 불빛이,
방송이란 건 공기 중으로 퍼져 산산이 흩어져버리는 것이
라고 암시하는 문구처럼 보일 때도 있었습니다. 우리가 나
누었던 이야기와 노래가, 웃음과 눈물이, 스튜디오 창으로
보이던 풍경이, 순간순간이 선사해준 다양한 느낌과 감정들
이 자꾸 희미해지고 휘발되어가는 게 못내 아쉬워서 방송
이 끝나면 무언가를 적어두기 시작했습니다.

다섯 줄의 짧은 느낌부터 방송에서 다 하지 못한 제 이
야기들까지. 지금 생각해보면 그것이 저에겐 오늘 하루를
제 것으로 만드는 방법이었지 싶습니다.

방송을 끝내고 내려와 쓴 방송후기 같은 글입니다. 책을
내려고 쓴 글은 아니었다는 말로 이 자질구레한 글들이 용

서될는지 모르겠습니다. 부끄러우면 부끄러운 대로 이만큼 생생한 기록도 없지 싶어 민낯 같고 일기 같은 글들을 그대로 들추어냈습니다. 공기 속으로 퍼져간 순간들을 잡으려고 애썼던 몸짓으로 읽어주시면 고맙겠습니다.

〈그대와 여는 아침〉을 함께 했던 제작진, 청취자들, 그리고 희우님. 제 심장을 따뜻하게 덥혀 글을 쓰고 싶게 만들었던 사람들입니다. 덕분에 참으로 흥미진진한 삶이 여기에 있구나 하는 것을 깨닫습니다.

저를 소중한 사람이라 여겨주는 가족들 덕분에 정말 소중한 사람인 줄 알고 삽니다. 이렇게 고마울 수가 없습니다. 특히 준과 은재가 없었더라면 제 삶의 이야기보따리는 반 이상이 줄었을 겁니다.

우리가 사는 세상을 조금 더 괜찮은 곳으로 만들어주는

음악들, 사람들 덕에 오늘 하루도 목을 축이고 기운을 내
보리라 생각합니다. 아침에 눈을 뜨고 나면 언제나 기억하
세요.
　　“오늘 하루도 당신 거예요!”

- CBS 아나운서 김용신

해변에 남은 발자국 어제

우주를 품은 한 알의 밀 내일

해변에 남은 발자국

어제

삶에 깔린
복선들

대학시절 음반 가게에서 아르바이트를 하던 청년이 있었습니다. 그의 취미는 빈 테이프에 음악을 녹음했다가 친구에게 선물하는 것이었답니다. 친구들 개개인의 취향과 그 시절의 트렌드, 그리고 전반적인 곡의 흐름까지 고려한 신중하고 센스 있는 선곡으로 친구들로부터 사랑을 받았다고 합니다. 그 청년이 바로 〈그대와 여는 아침〉이라는 멋진 배의 키를 잡은 정PD입니다.

전화를 놀이처럼 즐기던 호기심 많은 소녀. 엄마 몰래 종종, 그리고 호랑이처럼 무서운 할아버지 눈치를 살피면서 장난 전화를 즐기던 꼬마. 어떤 상황에서도 융통성 있는 전화 받기로 어른들을 놀래켰던 그녀는 지금 프로그램의 수문장 배 작가로 통합니다. 수많은 청취자들, 협찬사들과 하루에도 수백 통 전화를 주고받으며, 훌륭한 의사교류를 몸소 행하고 있지요.

미취학 아동시절, 인형보다 녹음기를 더 좋아했던 아이. 하루종일 녹음기에 얼굴을 들이박고 제 목소리 녹음하고 다시 그것을 듣는 맛에 흠뻑 빠져 살았던 아이. 가족들 모이는 명절만 되면 어느새 마이크를 손에 들고 '짠!' 나타나 〈특집 쇼쇼쇼〉를 진행하던 꼬마. 그 소녀는 지금 김 아나로 불리는 아나운서가 되어 한 평짜리 녹음실에 몸 담고 살고 있지요. 이따금 자신이 진행하는 프로그램에서 Beatles의 'Let it be'를 따라부르면서요. 덕분에 청취자들에게 놀림을 당하는 일도 있지만, 그녀는 오늘도 꿋꿋하게 방송을 합니다.

오늘 아침, 우리의 밥상에 올라왔던 반찬 이야기입니다. 늦은 아침밥을 먹으면서 정 PD, 배 작가, 김 아나 우리 세 사람은 "왜, 어쩌다가, 이런 일을 하면서 살아가게 되었는가?"에 대해 이야기했어요. 그러면서 우리 모두, 삶의 어느 지점에 복선이 깔려 있었다는 걸 깨달았답니다. 지금 우리의 이 모습이 '하늘에서 그냥 뚝!' 하고 떨어진 게 아니더라는 거죠. 음반 가게 알바 청년, 전화쟁이 소녀, 녹음기에 홀린 꼬마. 그들의 '풋풋한 열린 일상'에 내일의 모습이 숨어 있던 거죠.

여러분의 삶에도 이런 복선들이 있었겠지요?

내 안의 잠재태, 그리고 우리가 사랑하는 이들의 잠재태가 궁금해집니다.

정한성 피디와 배지영 작가는 2007년 시작된 CBS 음악 FM 〈그대와 여는 아침〉프로그램의 초창기 멤버들이랍니다.

상 하 이 의
어 떤 갠 날

방송하면서 매번 느끼는 건데요, 저는 '직접 해보고 싶지만 잘 못하는 것'을 청취자 여러분에게 답문자로 보내는 모양입니다. 오늘의 답문자인 "그대, 오늘 하루 낯선 곳에서 서성여보세요"만 보아도 알 수 있어요. 오늘은 정말, 아직 한 번도 가보지 못했던 곳, 그런 낯선 데 가서 정처없이 거닐고 싶은 날이었거든요…….

하필이면 지금 듣고 있는 CBS 표준FM 〈행복의 나라로〉에서 '가볼 만한 5일장' 얘기가 나오네요. 그런데 오늘 제 일정은 모두 낯익고 익숙한 곳들을 순례하는 것으로 꽉 차 있어서…….

오늘처럼 해가 좋은 날이면 꼭 생각나는 장소가 있습니다. 얼마 전 여행 갔던 상하이죠. 상하이는 날씨가 별로 좋지 않은 지역이에요. 대부분 흐린데다가 습기도 많답니다. 그래서 어쩌다가 한 번 해가 '쨍!' 하는 맑은 날이 되면 집집마다 여인들의 손놀림이 빨라집니다. 앞집, 옆집, 건너집……너나 할 것 없이 빨래를 해 가지고 나와 밖에 너느라고요. 베란다에 빨래를 너는 건 기본, 골목 이쪽에서 저쪽까지 막대를 걸고 빨래를 넙니다. 심지어는 큰 길가에 늘어선 나무에 줄을 매달아 빨래며 눅눅해진 옷들을 널기도 한답니다. 묵은 것들이 비로소 밝은 햇빛 아래 심호흡을 하는 거죠.

큰 길가에는 주로 눅눅한 이불이 걸리지만, 조금만 더 깊이 들어가면 빨래 종류가 달라집니다. 그래서 골목골목마다 해지고 색이 바란 속옷이 당당하게 펄럭이는 걸 볼 수 있어요.

만일 그걸 보면서 "에이, 민망해라!" 하신다면 그대는 여행자가 틀림없어요. 맑고 화창한 상하이의 '어떤 갠 날' 바람 따라 펄럭이는 옷가지들은 그들의 건강한 속살이니까요. 우리 할머니들도, 어머니들도 그랬던 적이 있었는데.

상하이의 눈부신 발전도 볼 만하지만, 고단한 삶의 흔적이 배어 있는 골목길 둘러보기는 느낌이 더 기억에 남습니다.

화 창 하 고 맑 은   오 늘 ,
마 음 까 지 싸 악 개 는 참 좋 은 오 늘 ,
골목 여기저기서 펄럭이던 빨래가 자꾸 그리워지는 이유.
낯선 곳을 서성이고 싶은 이유는 뭘까요?
늘 가고 싶었지만 마음에만 품고 있던 낯선 곳,
오 늘 한 번   서 성 여 보 세 요

<h1 style="text-align:right">어 느 발 레 리 노 의
신 념</h1>

그가 '뛴다'는 생각으로 뛰면
그를 지켜보는 관객도 '그가 뛴다'고 느낀다.
그가 '난다'는 생각으로 무대 위를 날아오르면
어느새 '그와 함께 날고 있다'고 느낀다.

지난 주말, 따뜻한 바람 불던 날, 파주 어느 장어구이 집에서 들은 이야기입니다. 함께 있던 모 출판평론가가 저 김아나와 함께 간 배 작가에게 해준 이야기이죠. 오물오물, 쩝쩝, 장어 먹기에 바빴으나 지금도 그 이야기가 오롯하게 생각나는 걸 보면, 분명 자극 받은 게 틀림없습니다.

신념을 신념으로만 이야기하면 재미없고 강팍한데, 누군가의 '꿈'으로 이야기하면, '나에 대한 강한 믿음'으로 이야기하면, 듣는 사람 마음까지 뜨거워지죠?

자신에 대한 신념은 타인에게 전파된다'
타인에게까지 영향을 미칠 수 있도록 자신을 굳게 믿어주세요.
나를 믿어주는 일,
그것이야말로 가장 큰 선물일 거예요.

참고, 또 참다가 냉커피 한 잔을 마셨습니다.

"아, 맛있다!"

마시고 싶을 때마다 냉큼 마시지 않고 '참았다 마시기'하는 중이거든요. 역시 무엇이든 기다림이 꿀렁꿀렁 가득 찬 다음에 맛봐야 충분히 즐겼다는 느낌이 든단 말이죠!

철학을 전공한 어떤 선생님께서 해주신 이야기도 그거였어요. 에피쿠로스라는 쾌락주의 철학자가 한 평생 '어떻게 하면 최고의 육체적 쾌락에 다다를 수 있을까?'를 두고 오래오래 고민했답니다(다시 한 번 말씀드리지만 '육체적 쾌락'입니다).

그가 평생을 고민한 끝에 내린 결론은 '절제'였답니다.

금식한 후에 꼭꼭 씹어 음미하면서, 천천히 삼키는 쌀 한 톨의 맛이 최고로 좋은 이치와 같다고 할까요?

그대, 즐거움을 맛보고 싶으신가요?

진정한 쾌락을 원하다면 더 가지기보다 덜 가지려고 애쓸 일입니다.

폭 염 휴 식 제

"너른 평상으로 사람들을 불러내는 계절, 지난 밤엔 어디에서 바람을 부르셨나요?"

그나저나 다들 이 여름 잘 나고 계신가요? '폭염 휴식제'가 있답니다. 건설 현장이나 논, 밭처럼 야외에서 땀 흘리며 일하시는 분들을 위해 만든 제도인데요. 너무 더울 땐 하던 일을 잠깐 멈추고 휴식을 취하는 거죠. 쉼없는 '치달음'의 과정 자체보다 '잠깐 멈춤' 하는 그 순간이 더 매력적인 건 누구에게나 마찬가지죠?

가만.
대학생일 때 농활 갔던 일이 생각납니다. 몇 박 몇 일의 농활 기간 동안 '한시도 쉬지 않고' 일했던 건 오직 서울 촌놈들뿐이었습니다. 아무리 땡볕이 강해도 쉬지 않고 일해야 하다는 강박관념에 사로잡혀서요.

그곳 어르신들은 이른 새벽과 오전에만 일을 하고, 볕이 센 정오부터 두세 시 사이에는 점심을 드시거나 낮잠을 청하셨답니다. 노동에 지친 몸을 풀어주시는 거죠. 그러고 나서 해가 조금 기울면 다시 일을 시작하셨어요. 하지만 뙤약볕 아래 기를 쓰고 일한 우리 대학생들은 피식피식, 한 명 두 명 그늘 아래 쓰러졌지요. 바로 그 때! 마을 어르신들은 쌩쌩한 모습으로 다시 나타나셔서 훨씬 많은 일을, 그것도 아주 짧은 시간 안에 척척 해내셨답니다.

"학생, 많이 힘들지? 저기 그늘 가서 좀 쉬고 와! 나머지는 내가 할 테니!" 하시면서요.

일은 사람을 따라다닌다는 말이 있습니다. 몸에 익은 사람에겐 아무 것도 아닌 일이 초보자에겐 태산을 오르는 일보다 어렵다는 뜻이지요. 물론 마을 어른신들이 농사일에 익숙하셔서 여유로운 것도 있지만, 정말 모든 일에는 노동의 법칙이 '따로' 있는 모양이에요.

지치지 않고 일하는 데 필요한 지혜. 마을 어르신들이 저희를 보고 "그리 일하면 안 되느니라"고 충고하셨을 때 얼른 그늘에 누울 것을! 그냥 턱 누워 산들바람에 땀을 말리면서 휴식을 누릴 것을! 그래서 얻은 새 힘으로 다시 일했어야 할 것을!

착한 그대,
불어오는 바람에 귀를 기울이고
무엇을 하든 이제 잠깐 쉬어보세요!

오늘도 배달일로, 현장일로, 농사일로……
온 몸으로 계절을 살고 계신 그대,
한낮이면 그늘에 앉아 시원한 생수 충분히 마시고
한숨 돌리는 휴식의 달콤함이 그대에게 온전하기를,
손부채라도 기꺼이 부쳐줄 누군가가 그대의 곁에 있기를.

K i n d n e s s (친 절)

미국의 역사학자 겸 작가인 고(故) 하워드 진(Howard Zinn) 교수. 그는 실천적 지식인으로 유명합니다. 가난한 조선소 노동자 출신이었지만 후에 역사학자이자 정치학자, 사회비평가이자 사회운동가로서 그리고 희곡 작가로서도 이름을 떨쳤답니다. 세계적으로 베스트셀러가 된 《미국 민중사》의 저자이기도 해요. 그는 또 미국의 흑인 민권 운동, 베트남 전쟁 반대 등 평등·평화 운동에 적극적으로 참여했던 진보적인 지식인이었습니다.

그가 세상을 떠나기 1년 전 쯤 한국의 인디고 서원 젊은 이들이 그를 찾아가 이렇게 물었습니다.
"교수님, 당신에게 가장 소중한 가치는 무엇입니까?"
당시 90세를 바라보던 노교수는 머뭇거리지 않고 바로 대답했답니다.

"KINDNESS"

이 이야기를 접한 순간 머리카락이 곤두섭니다. 세계적

인 석학이라는 노교수가, 구십 평생을 뜨겁게 살아온 그가, 자신에게 가장 소중한 가치가 무엇인지 묻는 말에 이렇게 나 소박한 대답을 할 줄이야!

love나 peace, 아니 그 유명한 단어인 똘레랑스 정도만 됐어도 이렇게 당황스럽진 않았을 겁니다.

친절함이라니요.

"그게 뭔데요? 난 잘 모르겠는데……"

뭐 이렇게 딴죽을 걸고 싶어 죽겠는데, 이미 머릿속엔 '친절'이라는 단어가 데리고 온 말과 행동과 표정과 몸짓과 마음이 마구마구 떠오르더란 말이지요.

사랑이나 세계 평화나 똘레랑스……그 어떤 것을 구현한다 해도 길목에 가면 분명 만날 수 있을 것 같은 모습. 지금 당장이라도 직접 행할 수 있는 그 다양한 친절의 모습들이요.

이 이야기를 꺼낸 이유는, 며칠 전 방송 중에 받은 사연이 떠올라서입니다. 카센터에서 일하시는 이 모 기사님의 이야기가 생각나서요.

어느 날, 축구화를 고쳐달라며 한 어머니와 아들이 카센터를 찾아왔답니다. 신발 수선하는 곳에서 못 고친다며 퇴짜 맞은 축구화를 들고 혹시 몰라 찾아왔다는 이 모자. "축구화를 왜 카센터에 와서 고쳐 달라는 건가요? 자다가 봉창 두들기는 소리를 해도 유분수지"라며 핀잔을 줄 법도 한데, 그 분은 그러지 않았습니다. 대신 새 축구화를 선뜻

사지 못하는 형편을 두루두루, 그리고 미루어 짐작했다죠. 다음날까지 꼭 고쳐보겠다고 안심시켜 돌려보낸 뒤, 그는 난생 처음 축구화를 고치기 위해 밤잠을 설쳤습니다. 그 어느 때보다 기꺼운 마음으로 정성과 노력을, 시간과 수고를 들였다고 합니다.

친절의 말과 행위들. 어찌보면 참 소박하고 작은 것들로 구현되지요? 대부분 일상에서 경험하는 가치이기에 더욱 그렇게 느껴집니다. 구십 넘은 노교수가 이 소박한 가치를 가장 귀한 가치로 내세운 건 그의 통찰력 때문이겠거니 생각하실지도 모르겠어요. 하지만 저는 '친절이란 녀석을 거북이 등딱지 마냥 몸에 딱 붙이고 살아가는 사연의 주인공은 대체 어떤 분이실까?'가 더 궁금합니다. 얼마나 훌륭한 분이신지요.

위대한 가치는 늘 소박하게 구현되고 있다는 것이 참으로 믿음직스럽습니다.

꽃 이   아 름 다 운   건
자신이 아름다운 줄 모르기 때문이라는데……
이 아무개 씨가 아름다운 것도 마찬가지일까요?

김 아 나 와 함 께
춤 을

무도회장은 언제나 제게 두려운 장소입니다. 제가 그곳을 찾지 않는 가장 큰 이유는 물론, 춤에 능하지 않기 때문입니다. 그렇다고 제가 춤추는 것을 싫어한다고 생각하면 큰 오산입니다. 전 정말이지 '무지 무지' 춤을 좋아하고, 또 추고 싶어합니다. 하지만 어느 날, 제 뜻과는 상관없이 표현된 나의 몸동작에 적잖이 충격을 받고 난 뒤로, 그리고 주위에 있는 사람들에게 적잖은 충격을 주고 난 뒤로 다시는 시도하지 않으리라 마음먹었을 뿐이죠. 정말 웬만한 강심장이 아니고서는 또다시 그곳으로 발길을 옮기는 일은 벌어지지 않아야…….

아침방송을 하는 두 시간은 정말 기분이 좋습니다. 앉아 있는 동안 저도 모르게 몸을 들썩이게 되지요. 싱그러운 아침의 분위기를 전하느라 신나는 노래들을 선곡해서 그런가봐요. 마음은 하늘의 구름처럼 '두둥실~' 떠가고 말입니다. 하지만 엉덩이는 꼼짝을 안 합니다. 본드로 붙여놓은 것처럼! 리듬을 타기는커녕 따라가지도 못하죠. 그 순간 제가 할 수 있는 최고이자 최선의 움직임이란 '고개 까딱', '발가락 꼼지락' 정도이니…….

"그대 아침 청취자 여러분, 선율에 몸을 맡기고 맘껏 신나게 움직여보세요!"라는 제 멘트가 무색해지는 순간이랍니다.

사실 제가 춤에 대해서 다시 생각하게 된 계기는 한 권의 책 때문입니다. 몇 년 전에 읽은 〈모리와 함께 한 화요일〉이라는 책이지요. 주인공 모리슈워츠 교수는 불치병에 걸려 있습니다. 죽음을 앞둔 상황에서 그는 가장 안타까운 게 '더 이상 춤을 출 수 없다는 사실'이라고 말합니다. 모리 교수는 학생들이랑 춤 추는 것을 너무도 즐거워하던 사람이었거든요. 춤이야말로 인간의 본능이고 더할 나위 없는 자유의 절정이라는 것을 그는 잘 알고 있었던 겁니다. 그래서 가장 잃기 싫고 놓치기 싫은 본능이기도 하지요. 모리 교수는 그런 자유 본능을 억제할 수밖에 없는 현실이 너무도 안타까웠던 겁니다.

세상에~!

그런데 왜 저는 춤을 추면서 부자유함을 먼저 느꼈을까요? 남들의 시선을 너무 의식했기 때문일까요? 춤이란 원래 가장 본능적인 표현이고, 가장 자유로운 자기 표현인데 말이죠. 혹 나도 모르는 사이, 어떤 기준과 형식으로 스스로를 평가하거나, TV나 영화에서 보았던 역동적인 아름다움의 절정인 춤을 떠올렸기 때문은 아닐까요?

상상하기로는 이 책의 주인공인 모리 교수도 그리 세련

되고 현란한 춤을 추지는 않았을 겁니다. 그냥, 그날그날, 순간순간의 마음 상태를 몸에 맡긴 자유로운 동작이었겠지요.

참, 춤에 대한 생각을 바꾸게 된 계기가 하나 더 있습니다. 아이들이 춤 추는 걸 보고 난 다음부터죠. 한 번 생각해보세요. 이제 겨우 젖을 뗀 아이들이나 걸음마를 막 시작한 꼬맹이들에게 누가 동영상을 보여줬을 리도 없고 춤을 가르쳤을 리도 만무하건만 아이들은 음악만 나오면 무조건 몸을 흔듭니다. 리듬을 탑니다. 춤이 인간의 본능 아닐까 의심(?)하게 만드는 장면이지요.

어떤 틀이나 기준에 눌려서 본능이 사그라들지 않았으면 좋겠습니다. 아니, 그리 되지 않도록 조심해야겠어요. 그래야만 앞으로 마음껏, 자유롭게 '춤을 추고 싶은 순간에는 언제든' 춤을 출 수 있을 테니까요.

그나저나, 저는 언제쯤 춤 본능을 되찾을 수 있을까요, 경직된 나의 몸은 언제쯤 춤 본능을 되찾아 훨훨 날 수 있을까요?

이 땅의 모든 아이들이 자라서 어른이 되는 동안 춤 본능을 잃지 않고,

살아가는 내내 자유로운 몸의 비행을 즐길 수 있기를 바랍니다!

정녕 중요한 것

"정녕 중요한 것은

당신이 어떤 차를 모느냐가 아니라

얼마나 많은 사람들을 태워주느냐 하는 것이다.

정녕 중요한 것은

당신이 사는 집의 크기가 아니라

얼마나 많은 사람들을 집으로 초대하느냐는 것이다.

정녕 중요한 것은

당신이 무엇을 가졌는가가 아니라

남에게 무엇을 베푸느냐는 것이다.

정녕 중요한 것은

얼마나 많은 친구를 가졌는가가 아니라

얼마나 많은 사람이 당신을 친구로 생각하느냐는 것이다.

정녕 중요한 것은

얼마나 많은 일을 했느냐가 아니라

당신의 가족과 사랑하는 이들을 위해
보낸 시간이 얼마나 되느냐는 것이다."

청취자가 보내준 글입니다. 덕분에 저 역시 '성공 지향적
인 삶'에서 나눔 위주의 '관계 지향적인 삶'으로 올해 목표
를 대폭 수정하고 있는 중입니다.

우 리 ‘ 관 계 지 향 적 ’ 으 로 또 만 나 요

역 사

"선배, 드디어 딱지 뗐어요!"

혹독한(?) 훈련을 마친 수습 아나운서들이 '수습' 딱지를 뗐다며 즐거워합니다. 이제 비로소 정식 아나운서가 된 것이지요. 우리 능구렁이 선배들은 "이제야 사람이 된 거야!"라고 축하 인사를 건넵니다. 경험담을 양념처럼 솔솔 뿌린 덕담을 주고받은 뒤 선후배가 함께 점심시간을 즐겼습니다. 첫 뉴스 마친 기념으로 삼겹살 파티.

첫 뉴스의 추억
첫 방송의 추억
모든 '처음'은 그래서 늘 역사의 시작이 되고, 추억의 마무리가 되죠.

저도 첫 방송의 순간을 여전히, 생생하게 기억합니다. 가슴 터질 듯 심장이 덜컹대던 순간, 온 몸이 경직되던 그 순간을요.

오죽했을까요?

바싹 타들어가 뻑뻑해진 입천장,

단 한 마디도 새어나올 것 같지 않은 건조한 목,
훅~ 달아오르는 열감,
방송 내내 가늘게 떨리던 입 꼬리,
살짝 마비되었던 혀의 감각…….

'첫'이라는 접두어가 붙은 단어들은 참 이상합니다. 묵은 기억을 새롭게 하고, 어눌해진 감각에 생동감을 불어넣습니다. 첫사랑, 첫입학, 첫여인, 첫아이, 첫승진, 첫면회……이런 단어들은 늘 우리에게 짜릿한 기쁨, 아련한 그리움, 가슴 미어지는 슬픔, 쌉싸름한 통증을 일깨워줍니다. 색이 바라지도, 시들지도 않은 채, 여전히 싱싱하게요!

성 장 제

"비 맞은 나무들이 어제보다 더 많이 자라 있네요.
나를 자라게 하는 '성장제'에는 어떤 것이 있을까요?"

가장 기억에 남는 방송 문자 가운데 하나입니다. 그날 저는 스태프들과 모여 앉아 모닝 커피를 마시면서 성장통을 앓는다는 옆집 소녀 이야기를 하고 있었지요. 성장통 앓을 때는 다리를 주물러야 된다는 둥 키가 크려고 아픈 거라는 둥 요즘 애들은 너무 빠르다는 둥 이런 저런 얘기를 주고받던 참이었습니다. 그때 모 작가님이 이런 말을 툭 던졌답니다.
"요즘 애들, 환경 성장제랑 공부 성장제를 넘 많이 맞아서 그런 거야!"
"뭐, 성장제?"
다들 눈이 동그래졌어요. 누가 뭐라고 하지도 않았는데 약속이라도 한 듯 입을 꾹 다물었습니다. 그러곤 '성장제'라는 단어에 집중했지요.

나무는 비를 맞은 뒤에 색이 짙어집니다. 잎도 더 무성해지죠. 햇살에 반짝이는 새잎들은 빗님 지나간 덕분에 생기

있어 보입니다. 비는 나무에게 자연스러운 성장제 역할을 톡톡히 하나 봅니다. "억지로 커라, 억지로 잘해라"가 아닌, "너답게 커라, 자연스럽게 잘 자라라"는 성장제지요.

그대들에게도 그런 성장제 하나 있으신가요? 나를 쑥쑥 크게 해주는, 내 몸에 피가 되고 살이 되고 영양이 되어주는 그런 존재. 때때로 깨달음을 주기도 하고, 생기와 의욕이 넘치게 해주는 그런 존재. 나를 끊임없이 자라게 해주는 성장제는 어떤 걸까요?

억지로 마구마구 재촉하는 성장제가 아니라 자연스레 잘 자라도록 인내심 갖고 지켜봐주는 성장제, 나도 누군가에게 그런 존재가 되고 싶습니다.

누군가에게 성장제와 같은 존재가 되어준다면,

나 자신은 몇 배쯤 더 클 수 있을 거예요.

살아갈 날의
새 살

1년의 반을 걸어왔네요.
살아온 날의 상처가
살아갈 날의 새살이 되기를…….

"고개를 들어라. 날이 저문다고 모든 것이 저무는 건 아니니. 살아온 날들의 상처가, 살아갈 날들의 새살이 될 때까지 고개 들어라, 황혼아"

제가 무척 좋아하는 〈황혼〉이라는 노래 중 한 구절입니다. 90년대 초반 대학 방송반 동아리를 하던 제가 심취한 노래들은 대부분 운동권 노래였어요. 일명 '운동 가요'였지요. 그 중에서도 저는 이지상 씨가 만들고 꽃다지의 류금신 씨가 부른 이 노래를 가장 좋아했답니다. 그 후로도 오래오래 사랑했지요.

저는 이 노래를 가슴에 품고 살다가 매년 마지막 날, 그러니까 12월 31일이 되면 지는 해를 바라보며 조용히 이 노래를 불렀답니다. 그러면 떠오르는 태양을 바라보는 것 보다 훨씬 강한 희망이 솟구치는 걸 느꼈어요. 매우 진지한, 나름의 '김용신 표 새해 맞이 의식'이었어요. 한동안 그랬습니다.

오늘, 한 해의 마지막 날도 아닌데 이 노래가 떠올랐던 건 왜일까요? 상반기 마지막 날이기 때문일까요?

1년을 반으로 쪼개 상반기와 하반기가 있고
각각의 반기를 둘로 쪼개 네 개의 분기가 있고
그 사분기 안에 각 세 개의 달(月)이 들어 있고…….

1년에 열두 달이 있어서 열두 번 새 다짐을 할 수 있다는 게, 새 출발을 할 수 있다는 게 저는 참 좋습니다.
긴 호흡으로 사는 걸 좀 벅차 하는 저에게는 이렇게 때때로 다시 시작하라고 1년을 몇 번씩 끊어주는 게 그저 고마울 따름입니다. 1년 통째로 뒤돌아보기 어려울 테니 반기별로, 분기별로 정리하라고 친절하게 나눠주니까요.

지난 6개월, 잘 걸어오셨나요?
굽이굽이 돌아오신 분들도 있겠죠.
걸어오시면서 즐겁기도, 힘들기도 했을 거예요.
하지만 힘 내세요.
지금까지 걸어온 길 위의 웃음과 상처들 모두
남은 날들을 위한 단단한 보호막이 될 테니까요.

라 디 오 에 서
만 난 사 람 들

  얼마 전 CD 한 장을 선물 받았습니다. 예전에 제가 진행하던 음악 프로그램의 열혈청취자였던 분이 보낸 것이었죠. 직접 작곡한 노래를 본인의 목소리로 녹음해 음반을 만들었다며, 평생소원이었던 가수가 된 증표로 선물한 것이지요.

  '누님'으로 시작되는 짧은 인사가 음반 위에 쓰여 있었어요. 10여년 전 우리가 라디오에서 만났을 때, 그는 음악을 즐겨 듣는 학생이었고 저는 아직 신입 티를 못 벗은 2년차 아나운서 누님(?)이었어요. 제가 한 일이라고는 그저 음악을 틀어주고, 그의 사연을 들어준 일밖에 없는데……. 그 보답으로 평생소원이 이루어진 감격을 함께 나눌 수 있게 된 겁니다.

  지난해에도 한 청취자가 CD 한 장을 보내왔었지요.

  10여 년 전 그녀는 선생님의 꿈을 안고 열심히 임용고사를 준비하던 학생이었고 저는 그녀가 두 번의 실패를 맛보는 것을 지켜봤습니다. 방송국에 찾아와서 초롱초롱한 눈빛으로 '좋은 선생님'의 꿈을 말하던 앳된 모습의 그녀가 세 번째 도전에 성공했을 때, 제 일처럼 기뻐했던 기억이 납니다. 그러고 몇 년 동안 소식이 끊겼던 그녀가 저에게 소포를 보낸 겁니다. 그 안에는 교사들이 직접 만들고 부른 맑고 고운 노래들이 담긴 CD 한 장이 들어 있었습니다.

'20대 중반 제 꿈을 지켜주던 노래들을 직접 부르게 되었고 이렇게 좋은 성과까지 얻게 되었어요. 그 시절 저의 꿈을 지켜봐 주셨던 분께 꼭 선물하고 싶었습니다.'

손글씨로 쓴 편지를 읽는데 울컥합니다. 나는 그냥 내 일을 한 것뿐인데 누군가의 꿈을 지켜봐 준 일이 되었다니, 아, 세상은 정말 제 기대보다 훨씬 후합니다.

요즘 매일 아침 '그대와 여는 아침'이라는 팝 프로그램을 진행하면서 다양한 사람들의 아침을 함께하다 보면 뭉클한 감동과 유쾌한 웃음을 두루 접하게 되는데, 제게 큰 의미로 다가왔던, 잊을 수 없는 사연 하나가 있습니다.

16년을 전업주부로 살다가 임대아파트 관리사무소 경리 일을 시작했다는 한 청취자 얘기예요. 그녀는 그동안 시댁 식구들과 남편에게 받은 상처 때문에 정신과 치료를 받아왔다고 해요. 하지만 남편의 언어폭력과 횡포의 영향으로 빗나가는 아이들을 보면서 점점 더 절망했고, 한 달분의 수면제를 한꺼번에 먹었다고 합니다.

다행스럽게도 이틀 만에 깨어난 그녀는 3주간의 입원치료를 받고 퇴원하면서 다시 살아야겠다는 의지가 생겼고 그때부터 일을 찾기 시작했대요. 그리고 장애인, 탈북자, 독거노인 등이 모여 사는 임대아파트에서 일하게 됐답니다. 작은 도움에도 눈시울을 붉히는 문맹인 어르신들을 대하면서 큰 불행 속에 있다는 생각에서 벗어나게 되었다고. 아침마다 출근길에 방송을 듣는다는 그분의 구구절절한 사연은 이렇게 끝을 맺었습니다.

'더불어 요즘 나를 행복하게 일은 그 어려운 시간을 뒤로 하고 그동안 잊고 지냈던, 그토록 좋아하는 음악이 있던 시절로 데려가주는 이 프로그램을 아침마다 만나는 것입니다. 출근길 나만의 음악 감상실인 자동차 안에서, 감사와 감격을 전합니다.'

내가 전한 음악들이 누군가의 삶을 일으켜 세웠다니……. 삶의 끈을 놓고 싶었던 한 사람에게 살아볼 의욕과 생기를 불어넣는 기막힌 일이 일어났다니! 누군가는 꿈을 이루었고 누군가는 새로운 삶을 시작했습니다. 저는 그 모습을 지켜볼 수 있어 참……좋았습니다.

희망의 끈을 놓지 않는 사람들은 음악 한 곡에도 일어납니다. 어떻게든 힘을 내려고 촉수를 꼼지락거리고 있는 사람들은 아무리 미미한 격려일지라도 감지하고 스스로를 일으켜 세우지요. 그 덕에 몇 곡의 음악과 작은 응원을 건네는 저의 일상이 큰 의미를 갖게 됐습니다.

그저 일상에 성실히 임했을 때, 자신도 모르게 일어

나는 기적 같은 일들이 더 많이 생겼으면 좋겠습니다

유 나 이 티 드 컬 러 스
오 브 배 네 척

유난히 기분이 꿀꿀했던 날이었습니다. 몸이 살짝 아프기도 했지만, "그냥 꿀꿀하다"가 더 맞는 표현이지요. 그래도 내친 김에 검진 한 번 받아보자 싶어서 병원에 갔답니다.

순서를 기다리면서 '한 사람의 광고쟁이가 찍고 또 한 사람의 광고쟁이가 쓴' 〈시선〉이라는 포토 에세이 한 권을 읽었습니다. 읽다가 포복절도하고 말았습니다.

파아란 하늘 아래 빨강, 노랑, 연두 등의 화사한 색상의 요트 네 개가 동동 떠 있는 사진 한 장이 있고, 그 옆에 이런 제목이 붙어 있네요.

'유나이티드 컬러즈 오브 배 네 척'

푸하하하~ 이 광고쟁이의 센스가 오늘 몸 아픈 한 사람에게 엔도르핀을 선물하네요!

고난이 올 때 정말 필요한 것은 용기이기도 하고 인내이기도 하고 희망이기도 하지만, 가장 중요한 것은 유머라는 한 소설가의 이야기에 고개를 끄덕이게 됩니다.

자 유 에   대 한
보 고 서

대학시절 같은 모임에 있었던 황병준 선배가 제50회 그래미 어워드에서 한국인 최초로 클래식 최우수 녹음기술상을 수상했답니다(황병준님은 2012년 제54회 그래미상에서도 작곡가 로버트 올드리지의 오페라 '엘머 갠트리'로 또 한 차례 '클래식음반 최고 기술상'을 받았답니다).

황병준 선배와는 학창시절 〈뜨인돌〉이라는 이름의 기독노래 운동을 함께 했지요. 선배는 그때도 사운드 매만지는 역할을 했지만 사실 전공은 아니었습니다. 이 일을 업으로 삼을 거라고 상상도 못했고요. 그러니 이리도 훌륭하게 자신의 전문성을 발휘할지 꿈이라도 꾸었을까요? 사람이 품은 가능성이란……참 신비하고 놀랍죠.

기쁨 한 가지 더. 제가 진행하는 방송에서 선배의 수상 소식을 뉴스로 전할 수 있었다는 것이죠. 아는 사람들의 좋은 소식을 내 입을 통해 전달할 때의 그 기쁨이란! 머리카락이 쭈뼛 서고 가슴이 쿵쾅거리는 그 느낌이란!

선배를 축하하기 위해 모인 오랜만의 자리. 학창시절 함께 했던 인연으로 사회에 나가서도 각별하게 서로를 생각해주는 선후배들이 모여 소박한 축하연을 열었습니다. 늦은 밤 그의 스튜디오인 〈Sound Mirror〉에 가서 함께 간이 음악감상회를 즐기면서요.

옆집에 들릴까봐, 이어폰 밖으로 새어나올까 봐, 오디오 시스템이 부실해서, 음악 크게 듣는 걸 싫어하는 사람이 곁에 있어서, 바쁘고 여유 없어서. 다음날 새벽방송이어서……

그날 밤, 제대로 된 음악 감상의 기회를 박탈하는 이 모든 장애물들이 사라진 순간과 맞닥뜨린 거예요. 그 어떤 음악이 아니 좋을 수 있겠습니까?

눈물 나는 유학시절 이야기들 사이사이, 선배의 수상작품인 러시아 작곡가 그레차니노프의 합창 음악 '수난 주간'을 비롯해서 말러의 교향곡과 레이 찰스와 마이클 부블레의 음성도, 피터 가브리엘의 현대적인 사운드도, 모든 것이 귀를 타고 내려와 온몸에 퍼지고 심장을 울려 기적 같은 충만함으로 변해버린 날. 우리 모두는 시간가는 줄 모르고 있다가 새벽녘에 귀가했고, 음악에 취한 듯 잠들며 알람 해제를 잊는 바람에 녹음방송인 다음 날도 꼭두새벽에 일어났다는 슬픈 전설이……^^

일 하 는 그 대 가
아 름 다 워 요

일하는 그대는 아름답다
그대들 덕에 아름다운 이 노동의 세상
일하고 싶은 사람 모두 초대해
함께 일하고 싶어라…….

요즘 일자리 구하기 참 어렵죠.

예전 같으면 노동절, 근로자 날인데도 출근해야 한다며
볼멘 소리가 가득했을 텐데, 그래서 저 김 아나가 그분들
위로하느라 바빴을 텐데요……. 요즘은 근로자의 날, 일자
리가 없어서 노동자가 되지 못한 사람들의 헛헛한 마음을
위로할 일이 더 많습니다. 아직 해결되지 않은 노사분규, 여
전히 참혹한 곳곳의 노동 환경도 우리의 마음을 아프게 합
니다.

행복하려고 일하는 게 아니라 행복하게 일할 수 있는 일
터가 더 많아졌으면 좋겠습니다. 또 정직하게 땀 흘리고 정
직하게 땀 식힐 수 있는 일터가 많아졌으면 좋겠습니다.

이따금 저는 가장 정직한 땀은 어떤 것일까 생각합니다. 결론은 언제나 같아요. 몸을 움직여 일할 때 흘리는 땀, 그것 아닐까요? 음, 그러니까 수렵, 농사, 집짓기……이런 오래된 노동 형태가 인간에게는 '진짜' 땀을 요구하는 정직한 노동인 셈이죠.

땀이 별로 없는 저는, 땀 흘리며 일하는 사람에 대한 경외감이 있답니다. 저는 아무리 열심히 방송해도 땀 한 방울 안 나거든요……. 일하고 있지만 정작 몸을 너무 안 쓰는 건 아닌가 싶어요.

참, 노동절과 근로자의 날, 둘 중 어느 게 맞는 표현인지 묻는 분들이 많으셨어요. 5월 1일은 전 세계의 노동자들이 기념일로 지키는 노동절(May Day)이랍니다. 우리나라의 경우, 1923년부터 5월 1일에 노동절 행사를 열어왔는데요, 이승만 정권에서 날짜를 3월 10일로 변경했고, 박정희 군사 정권 시절엔 아예 '노동절'이라는 명칭을 '근로자의 날'로 바꿨지요. 정부에서 날짜를 다시 5월 1일로 되돌린 것은 1994년. 하지만 현행법상 우리나라에서의 명칭은 여전히 '근로자의 날'이랍니다.

그러니, 5월 1일은 세계적으로는 노동절,
우리나라에서는 근로자의 날.
둘 다 맞는 얘기죠!

노동이 있기에 세상은 살아 움직여요.

그래서 일하는 그대는 아름답죠.

돌덩이가
달덩이가 된 이유

추석이 이틀 지난 밤 하늘의 달은 오히려 추석 때보다 더 둥그렇고 빛도 더 밝습니다.

"아, 참 달도 밝다!"

한가롭게 달구경을 하고 있는데, 문득 저 달이 스스로는 빛을 내지 못하는 돌덩이에 불과하다는 사실이 떠올랐습니다. 그런데도 달이 저렇게 밝게 빛을 내는 이유는, 스스로 빛을 못 낸다고 좌절하지 않고 햇빛을 온 몸으로 반사하기 때문이란 것도 떠올랐어요. 생각이 거기까지 미치자 갑자기 감동이 밀려옵니다.

사물, 혹은 사람이 빛나는 방법은 두 가지가 있구나.
내 스스로 빛이 되어 빛나거나
남의 빛을 반사해서 빛을 내거나.

내 스스로 빛이 되지 못한다고 절망하거나 원망하지 않고, 온 몸으로 남의 빛을 반사해내는 그 우직함과 겸손함에 절로 고개가 숙여집니다.

아~! 돌덩이가 달덩이가 된 이유……. 이번 추석에야 깨
달은 비밀 같은 얘기입니다.

험악하게 생긴
저 밤송이 속에

집 뒤편에 산이 하나 있습니다. 심학산이라고 부르지요 (『신증동국여지승람』에는 심악산(深岳山)이라고 되어 있대요). 어제는 그 산에 살살 다녀왔어요. 올라가는데 따끔한 밤송이들이 떠억 벌어져서는 여기저기 뒹굴고 있더군요. 밤송이 속의 밤알들은 이미 다른 사람들이 차지한 뒤였지만 저는 떨어진 밤송이를 바라보는 것만으로도 마음이 설레었답니다.

소설가 박완서 선생님이 그러셨지요.

무엇이 사람으로 하여금 몇 겹의 난관을 뚫고 처음으로 밤알의 맛을 보게 했을까? 그건 몽둥이와 돌멩이, 꼬챙이, 원시인의 억센 이빨이나 손톱이 아니라 사람들의 꿈이었다고. 저 험악하게 생긴 것 속에 어쩌면 가장 맛좋은 것이 숨어 있을 수도 있다고 상상한 사람들의 꿈이었다고.

험악하게 생긴 것 속에 어쩌면 가장 맛좋은 게 숨어 있을지도 모른다고 생각한 사람들은 밤나무를 흔들고 몽둥이와 돌멩이, 이빨과 손톱, 발톱을 사용해 밤송이를 열었을 겁니다. 반대로 "저런 데 뭐 별 거 들었겠어?" 하면서 그냥 지나친 사람들은 절대로 오돌오돌 고소한 밤알을 찾아내지 못했을 테고요.

그런데, 어쩌면 이런 사람들도 있었을 것 같아요.
"기다려 봐, 저 험악한 녀석이 제 속을 스스로 보여줄 때까지. 음, 그때까지 지켜보자고."
그런 사람들은 아마 때가 돼서 쫘악 속살을 보여주는 밤송이를 보고 탄성을 질렀겠죠.

험악하다고, 가시가 많다고, 행여 만졌다고 찔리거나 다칠지 모른다고, 속 모습 보기를 기다리지 않고, 꿈꾸지 못하고, 그냥 스쳐 지나갔던 것들이 우리 주위에는 얼마나 많았을까요?

따   끔   한   밤   송   이   .
험악하게 생긴 것 속에 맛좋은 밤알이 숨어 있다니.
겉 만   보 고 는   절 대   모 를   일 이 죠

이발한 들녘

　누런 황금들녘이 이발을 시작했습니다. 가을걷이가 한창이지요. 수북했던 숱이 곧 입대할 청년의 머리처럼 짧은 스포츠 형이 됐네요. 일정한 길이로 짧게 자른 스포츠 스타일. 누군가 이렇게 머리를 바싹 자르면 만져 보고 싶어집니다. 옛날에 곧잘 그랬거든요.

　오빠가 중학교 입학했을 때 처음으로 이런 머리를 했어요. 그때 손바닥으로 오빠의 머리끝을 스치면 까슬까슬하면서도 간지러웠죠. 그때의 감촉이 아직도 제 손에, 제 기억에 남아 있네요.

　스포츠 형으로 깎듯하게 이발한 들녘. 지나면서 손 한 번 얹어보고 싶어집니다. 까슬까슬, 간지럽겠죠?

곡식과 열매들이 익어가는 이 가을에 우리
도 속을 꽉~ 채우면서 무르익었으면 좋겠습니다.

당 신 의 노 래 는
무 엇 인 가 요

청취자 K씨에게는 보물 같은 팝송 노트가 한 권 있습니다. 팝송을 장르와 시대별로 분류한 뒤 노래 가사와 가수 소개까지 적어둔 소중한 노트랍니다. 방송국에 음악을 신청할 때 쓰는 노트라고 하는데, 요즘은 새로운 노트에 아기자기하게 꾸며서 아이들한테 대물림하려고 정리 중이랍니다. 그러고는 자신의 팝송 노트에서 찾은 노래라며 '클로즈 투 유close to you'를 신청하는 K씨. '이 노래는 어떤 연유로 K씨의 팝송 노트에 오르게 됐을까?' K씨가 그 노래와 만났던 순간이 갑자기 궁금해집니다.

청취자 J씨도 자신이 좋아하는 팝송을 가수별로 정리한 팝송 노트를 아들과 딸에게 물려주고 싶은 게 작은 소망이라면서 사연을 보내주신 적이 있지요. 인터넷으로 검색하면 안 나오는 게 없는 세상이지만, 자신의 손으로 직접 만들어서 아이들한테 남겨주면 좋은 추억이 되겠다 싶어 시작한 일이랍니다. 말을 하진 않았지만 그녀가 만드는 팝송 노트에 어떤 곡이 들어 있을지 짐작해보건대, 딱 한 곡만큼은 정확히 맞힐 수 있을 것 같습니다. 바로, 랜디 크로포드

randy crawford의 '알마즈almaz'죠. 그녀가 일본에서 유학 생활을 할 때 홀로 사랑하는 사람을 그리워하며 왈칵 눈물을 흘렸다던 그 노래. 다행인 것은 그렇게 사랑했던 사람이 결국 그녀의 남편이 되었다는 것. 불행이라면 그 남편이 10년 전에 뇌출혈로 쓰러졌다는 사실입니다. 그래도 그녀는 행복해 합니다. 아픈 남편 곁이 더없이 좋은 쉼터라면서요. 그녀의 사연과 신청곡 속에서 '알마즈'를 보았던 기억이 새롭습니다.

랜디 크로포드가 1952년 미국에서 태어났으며 부모가 모두 소울 가수였다는 것, 열다섯 살 때부터 클럽에서 노래를 불렀다는 것은 별로 중요하지 않습니다. 다만 그녀의 아이들이 물려받을 이 팝송 노트에서 그 노래는 아빠를 향한 엄마의 절절한 그리움을 노래한 곡이며, 아빠 엄마의 사랑을 연결시켜준 행운의 노래이며, 아픈 아빠를 온 가족이 지키면서 서로 지치지 않도록 또 서로 더 많이 사랑하도록 마음을 만져준 노래로, 영원히 기억될 테니까요.

어떤 노래가 나의 노래가 되는 순간이 있지요. 어떤 노래가 우리의 노래가 되는 순간이 있고요. 사연 속에서 만난 어떤 청취자는 영화 〈접속〉에서 흘러나오는 '사랑의 협주곡 (a lover's concerto)'이 '우리'의 노래라고 소개했습니다. 그리하여 그 노래는 그와 그녀를 엮어놓고 그 둘의 사랑 주제곡이 되었으며 삶이 지리멸렬하다 느낄 때마다 다시 그를 사랑의 시작으로 데려가는 가슴 뛰는 노래가 되어버렸답니다. 그에게 영화 〈접속〉은 많은 사람들이 기억하고 있는 그렇고 그런 줄거리의 단순한 멜로 영화가 아니지요. 영화 속 사랑의 협주곡은 그들에게 사라 본의 부드럽고 감미로우며 풍성한 음성 이상으로 다가오겠죠.

내가 가늠하지 못하는 그들만의 이야기가 그 영화 속에, 노래 속에 숨겨져 있다는 걸 생각하면 노래를 소개하고 음악을 틀면서 늘 전율을 느끼게 됩니다. 어떤 노래를 내 노래로, 우리의 노래로 많이 만들어둔 사람은 정말 부자인 것 같습니다. 그 노래가 없었더라면 참으로 헛헛했을 삶이 그 덕에 얼마나 많이 풍요로워졌을까요? 아, 노래 한 곡에 목을 축이며 살아가는 사람들이란 얼마나 아름다운지!

보이존 Boyzone이
논매러 간 날
"No matter what"

No matter what they tell us
No matter what they do
No matter what they teach us
What we believe is true.

밑줄 친 부분을 노래로 들어보세요.
보이존이 한국어로 뭐라고 얘기하는 걸까요?

정답은 "논매러 갔대. 진짜~"

농사일하는 부모님이 안 난 병이 없다는 문자를 보니, 농사일의 어려움이 가득 들어있습니다. 논매는 거 장난 아니라고, 을~매나 힘든 일인지 말도 말라고…….

전 사실 대학 때 농활 가서 며칠 논매기 한 게 전부입니다. 논매다가 거머리에 물려서 퉁퉁 부은 종아리를 부여잡고 잠을 청했던 기억이 납니다. 거머리 정도 물렸다고 아프다고 하는 건 농활의 도리가 아니라서, 선배들 모르게 여자동기들끼리 눈물을 찔끔 흘렸었죠.

매일 밤마다 선배들의 지도 아래 '자기반성' 쯤의 시간이 있었습니다. 일하고 돌아와 피곤한 몸으로 벽에 기대어 꾸벅꾸벅 졸면서 그날의 느낌과 반성들을 고백하는 시간이었습니다. 참으로 엄숙하고 진지했던 느낌이 남아있어요.

당시 대학생 농활의 목적은 농촌의 어려움을 체험하는 것이었겠죠. 그래서 그분들의 어려움을 진지하게 깨달으며, 소외된 농민과 농촌을 이해해보려고 했기에 어떤 목가적이고 낭만적인 생각도 다 죄악시 되어버렸던 것 같아요.

푸르른 논을 바라보고 한가로운 농촌의 집들을 바라보면서 느껴지는 평화로운 느낌들은 모두 거짓이고 표피적인 것이라고 생각해야 했으니까요. 고된 농활을 마치고 나서 저에게 남은 생각은 단순히 '아, 농촌은 힘들다. 농사는 고되다. 농부들은 고생한다'였습니다.

만약 그때 우리가 농활에서 농사일의 고된 부분과 함께, 농사일의 즐거움까지 느꼈더라면 얼마나 좋았을까 하는 아쉬움이 남아 있어요. 밤마다 자기반성 시간을 조금 덜 갖더라도, 휘파람 불며 즐겁게 농사짓는 농부들의 이야기를 들었으면 얼마나 좋았을까요.

요즘 들어 즐거운 농촌 이야기를 많이 듣고 싶어요. 어쩔 수 없이 농사를 짓는 것이 아니라 즐겁게 땅을 일구고, 그 일에서 의미와 보람을 찾는, 천직처럼, 장인처럼 자부심 느끼는 농부들 이야기가 듣고 싶어요.

농사짓는 늙은 부모님을 그저 불쌍하게 바라보는 게 아니라, 은퇴 걱정 없이 즐겁게 농사지을 수 있어 참 다행이라고 말하는 자식들의 이야기를 듣고 싶습니다. 햇볕에 새까맣게 탄 몸이지만, 건강이 있고 편한 이웃이 있고 좋은 공기가 있어 축복이라고. 산나물과 야생초 이름을 줄줄이 외우고, 온갖 채소와 과실나무의 재배 방법을 꿰뚫고 있는 노하우를 가득 가져 누구보다 부자인 부모님을 자랑스러워하는 자녀들의 이야기를요.

농촌마을 체험을 한 뒤 무척 즐거운 곳이라는 꼬마 아이들의 체험수기를 듣고 싶습니다. 이 아이들이 나중에 농촌에서 살고 싶다고 말할 정도로 참 신나고 평화로운 곳이라고 느꼈으면 좋겠어요.

무엇인가를 해야 한다는 의무감만으로 오랜 시간 견딜 수 있는 일은 많지 않더라고요. 농촌을 살려야한다는 운동보다 더 강력한 건, 희망을 가지고 즐겁게 농사를 짓는 농부 한 사람의 마음인 것 같아요. 우리 시대에 필요한 사람은 명랑농부라고나 할까요?

농촌은 매우 가치 있는 곳이라고 생각합니다. 미래에는 더더욱 그럴 것 같고요. 우리에게 필요한 가치를 그곳에서 찾을 수 있을 거라는 생각이 들고요. 농부들은 비밀을 가진 분들이에요~^^

논매러가는 보이존한테 진짜 생각 잘 한 거라고, 힘들지만 즐거울 거라고, 우리나라 쌀 진짜 맛있다고 얘기해 줘야죠. 후훗.

나의 행복 연대기

1970년대

간장과 참기름 몇 방울 떨어뜨린 흰죽이 나의 주된 먹을 거리였던 이유식 시절, 엄마는 간간이 흰죽에 계란 하나를 터드린 계란죽을 특식으로 주셨다는데 어찌나 잘 먹던지 없는 살림에 뭘 줘도 잘 먹는 내가 행복이라고 하셨답니다. 종일 오빠랑 빨간 벽돌을 갈아 생산해낸 엄청난 양의 고춧가루를 잡초밥 위에 뿌리는 행복이란!

1980년대

초등학교 때 내 행복은 뭐니 뭐니 해도 내 첫사랑, 전학 온 곱슬머리 남자 아이 건이였고, 중학교 시절 내 행복은 학교 앞 문방구에서 팔던, 손가락에 기름을 질질 묻히며 먹었던 엄청 바삭한 당면 만두였죠. 그리고 추락하는 점수에 절망하던 고등학교 시절, 친구와 학교 담장 넘어 중곡동 골목길에 앉아 마음을 나누던 밤도 결국 뜨끈하게 젖어드는 행복이 되었습니다.

1990년대

재수생 시절, 생일날 학원의 내 자리에 살포시 놓여 있던 분홍색 앙고라 벙어리장갑. 대운동장에 붙은 대학 합격자 명단에서 내 이름 석 자를 눈에 넣고 돌아오던 길. 개나리꽃 흐드러진 봄날, 좋은 사람과 천천히 걷던 학교 앞 고갯길. 달동네 공부방 아이들과 사먹었던 떡볶이와 집회 때마다 선배가 사주던 시금치 길게 나온 꼬마김밥은 다시 생각해도 행복했던 먹을거리. 숫기 없는 내가 아나운서가 되고 마이크 앞에 앉게 된 기적 같은 일이 없었다면 지금의 행복도 장담하긴 어려울 겁니다.

2000년대

아이가 날 찾아와준 것, 그래서 내가 엄마라는 벅찬 이름을 갖게 된 것. 산이 있고 논과 밭이 있고 들꽃이 피는 동네, 작은 마당이 있는 집으로 이사와 쑥을 캐고 자전거를 타고 나무를 심고 열매를 따 먹었던 날들. 아내가 되고 며느리가 되고 30대가 되고 엄마가 되고 학부모가 되고 중견 직장인이 되고...내가 관여할 수 있는 일들과 내가 손을 잡을 수 있는 사람들이 점점 더 많아지고 있다는 걸 깨닫는 순간.

2010년대 나의 행복?

즐겁게 일할 수 있는 나의 자리가 허락된 것.

올 봄에도 쑥을 캐고 자전거를 타고 꽃을 심을 수 있다는 것.

여러분의 행복연대기는   어떤가요?
살아온 역사, 딱 그만큼 행복이 있었길 바랍니다

난 곡 ,
향 기 롭 던   그   자 리

　　제가 진행하는 라디오프로그램에 편지사연을 읽어주는
코너가 있습니다. 며칠 전 이 코너 앞으로 '20년 전의 〈열린
이웃〉이라는 공부방 선생님들에게 띄우는 편지'가 도착했
습니다. 학교가 끝나면 마땅히 갈 곳 없었던 자신에게 공
부방은 놀이터였고 도서관이었고 끼니를 챙겨주는 부모 같
은 곳이었다는 이 청취자는 자신의 꿈을 이뤄 지금은 사회
복지사로 일하고 있다고 해요. 이렇게 대견하게 잘 성장한
자신의 모습을 보여주고도 싶고, 까칠했던 사춘기 시절에
는 말로 못했던 고맙다는 이야기를 꼭 전하고 싶다는 그녀
의 편지를 쭉 읽어 내려가는데, 불현듯, 제가 대학시절에 아
이들의 공부를 도왔던 공부방 이름도 〈열린이웃〉이라는 사
실을 깨달았습니다. 당시 가르치던 중학교 2학년 여학생의
이름이 이 청취자의 이름과 같다는 것까지 알게 되는 순간
갑자기 제 심장소리가 크게 들리고 가슴이 뻐근해지기 시
작했죠. 전화를 걸어 확인해보니, 맞답니다. 난곡에 있던 그
공부방^^ 당시 대학생이었던 제가 영어와 수학을 가르쳤던
중학교 2학년 학생, 은영이.

난곡. 관악산의 일부인 신림 7동을 예전에는 난곡이라 불렀습니다. 난초가 많아 난향이 가득한 골짜기여서 난곡(蘭谷)이었지만, 도시철거민들이 쓰레기처럼 내던져 졌다 해서, 굴러 떨어진 해골이라는 의미로 낙골(落骨)이라는 자조적인 별명이 따라다녔던 동네였죠. 봉천동, 사당동, 청계천 등 서울의 판자촌이 헐릴 때마다 살던 곳을 등져야 했던 영세민들이 마지막으로 쫓겨 왔다던 곳. 그래서 서울의 마지막 달동네라던 곳.

당시, 학교에서 289-1번 버스를 타고 종점까지 가면 난곡이 있었습니다. 머리를 차창에 짓이기면서 졸아도 전혀 마음 졸이지 않아도 되는 종점행은 그래서 참 좋다고 늘 생각하곤 했죠. 엔진소리가 꺼지고 잠이 깬 버스에서 내리면 언덕 위의 촘촘히 붙은 집들과 그 집에서 새어나오는 불빛들이 쏟아질 듯 저를 내려다보았습니다. 처음 공부방 선생님을 하겠다고 이 동네에 들어섰을 때, 가장 적응이 안 되었던 것도 이 동네가 저를 '내려다보는' 듯한 시선이었어요. 마치 관객석이 꽉 차 있는 극장의 정중앙의 무대 위에 서 있는 기분까지 들었으니……. 그럴 때마다 숫기 없는 저는 왠지 모르게 좀 부끄러웠지요.

공부방은 그리 높지 않은 언덕의 중간쯤에 있었지만, 한 달음에 올라간 적은 한 번도 없었습니다. 그 엄청난 각도의 오르막길에서 몇 번씩 걸음을 멈추고 숨을 골라야 했거든요. 미로 같은 골목길에서도 공부방을 찾는 건 쉽지 않았는데, 당시 제가 지표로 삼았던 것은 작은 담배 가게였던 '무슨무슨 상회'였고 그 앞에는 하늘색 공중전화가 있었어요.

하늘 아래 첫 동네라는 달동네였지만, 일단 가파른 언덕을 오르다 보면 허리는 굽어지고 눈앞으로는 솟아오른 길만 보이는 법, 가게 앞 공중전화의 하늘색이 어른어른 눈에 들어오면 그제야 허리를 펴고 공중전화 옆 전봇대에 기대서서, 서울에서 제일 가깝게 볼 수 있다는 하늘을 한 번 올려다 볼 수 있었습니다. 공중전화에서 오른쪽 골목으로 들어가면 세 번째 있는 집이 공부방이었죠.

대학생인 김용신은 그 공부방에서 중학생 은영이, 수경이, 승원이를 만났어요. 그리고 18년 만에, 제 앞으로 온 사연을 계기로 이 세 친구들을 다시 만나게 되는 기적 같은 일이 일어난 겁니다.

당시에도 재개발 이야기가 끊임없이 나돌았던 터라, 취직을 하고 공부방을 그만 두고 나서도 난곡은 어떻게 되었을까 늘 궁금했지만 아파트 단지가 들어섰다는 얘기만 전해 듣고 한 번도 다시 찾아가볼 여유가 없었지요.

여전히 그곳에 살고 있다는 공부방 제자를 만나러 18년 만에 난곡으로 가는 길. 예전의 버스노선은 없어졌지만 택시를 타고 가다보니, 그때 그 버스노선 그대로 가고 있더라고요. 신기하리만큼 달라진 게 없구나, 하는 생각이 들 때쯤 도로확장을 위한 공사장이 눈에 들어왔고 멀리 아파트 단지들이 보이기 시작했죠. 도로 양 옆엔 큰 건물들이 제법 들어섰고 아파트 주변에도 상가건물들이 많았습니다.

낯설다는 느낌이 들자마자 본능적으로 익숙한 것을 찾으

려 노력했는데, 제 눈에 제일 먼저 들어온 것은 '수경약국'이라는 간판. 처음 공부방을 찾으러 왔을 때, 공부방 전도사님이 기다리라고 일러준 장소가 바로 수경약국 앞이었거든요. 난곡의 '만남의 장소'쯤이라고나 할까요.

수경약국을 기점으로 언덕 위로는 아파트단지가 들어서 있고 아래로는 버스들이 즐비하게 대기하고 있었지요. 모두 난곡이 종점인 버스들이겠죠. 버스 종점 옆 과일가게, 소규모 상점 등 여전히 반가운 풍경들이 눈에 들어오니 낯설다는 느낌이 조금은 사라지더라고요.

공부방 아이들과 성탄 연극잔치를 했던 성민교회는 아파트 단지 상가 안에 새로 자리를 잡았고, 도시빈민운동에 있어 큰 역할을 했던 언덕 꼭대기의 낙골교회는 언덕 아래로 내려와 있었어요. 아이들과 자주 사먹던 중앙시장 '언니네 떡볶이집'은 아쉽게도 사라졌고요. 하지만 아는 사람은 다 안다는 난곡의 자랑, 매운 떡볶이로 유명한 '장수 만두집'은 아직도 건재하고 있었습니다.

난곡이 재개발에 들어가면서 집들이 헐리기 시작하자, 수경이는 언덕 꼭대기에 올라가 오래오래 자기가 놀던 미로 같은 골목을 한없이 내려다보았다고 해요. 살던 동네가 무너지는 것이 아까워서 눈물이 났다고도 하고. 추억이 밴 곳이라 다 눈에 넣어두고 싶어서 틈만 나면 제일 높은 곳에 올라가서 한참을 바라보고 앉아있곤 했는데, 그때는 사진 찍어놓을 생각은 하지도 못했다며 억울해하더라고요.

고등학교 졸업하자마자 두 살 어린 남편과 결혼한 승원

이는 둘째를 낳고 한 달이 되던 날, 친정아버지가 중풍으로 쓰러지면서 어려운 가세가 더 기울어졌다고 하네요. 입원한 아버지 병간호를 위해 남편이 직장을 그만 두어야 했던 그 당시가 한창 집이 헐리던 때. 턱없이 부족한 이주비로는 이사할 여력이 없어 끝까지 버티고 버틴 마지막 집이 자기네였다고. 포클레인의 굉음 속에서, 옆집이 불타는 것을 보면서 갓난 둘째를 껴안고 많이 울었다고…….

언덕 위 아파트 단지엔 대부분 외지인이 자리를 잡았고 언덕 위에 살던 난곡 사람들은 밑으로 내려와 난곡 초입의 옥탑방이나 지하방을 떠돌고 있답니다. 형편이 어려울수록 언덕 위로 올라갔던 예전과 가장 크게 달라진 점이 아닐까 싶네요. 달과 가깝게 지낸 그들은 아마도 달과 멀어지는 걸 가장 아쉬워했을지도 모르겠어요.

승원이는 수경약국 골목, 난향초등학교 뒷편으로 쭉 늘어선 다세대주택 2층에 살고 있었어요. 아이 셋을 키우기에 턱없이 좁다 싶은 방 두 칸짜리 집에서 미혼모 친구의 아들까지 돌보면서.

"사정이 딱해서 그 친구 산후 조리도 제가 해줬어요. 요즘은 그 친구가 퇴근길에 복지관에 들러서 치매 걸리신 저희 엄마, 집으로 모셔오는 걸 도와줘요. 서로 돕고 사는 거죠. 뭐"

담담하게 말하는 승원이가 대견하면서도 안타까웠어요. 서로의 형편을 헤아려주는 건 이 곳 사람들의 본능인가 싶어 마음이 따뜻해지기도 하고. 금란지교, 지란지교라더니 난곡에서 난향이 많았다는 건 좋은 벗들의 사귐이 많았다는 얘기였을까요. 누가 난곡 친구들 아니랄까봐 서로를 위하는 마음에서 난초향이 나네요.

"선생님, 여기 난곡에서 살던 친구들 만나면 무슨 얘기하는 줄 아세요? 우리 돈 많이 벌어서 꼭 난곡을 예전처럼 만들자고. 그 미로 같은 골목길을 꼭 다시 만들자고 그래요! 하하하!! 웃기죠?"

함께 껄껄 웃으면서도 이상하게 목구멍이 뜨거워져서 혼났습니다.

어느 공간이든 그렇겠지만 '공간'이라는 것은, 그곳에 깃든 사람들의 삶이 만들어 놓은 결로 이루어지죠. 어느 한 도시와 마음도 결국 그곳 사람들이 살아온 흔적이 뭉치고 섞여서 저마다의 '결'과 '기운'을 이루는 게 아닐까요.

요즘 난곡은 난향동이라 불립니다. 이곳에서 가난하지만 곡진하게 삶을 이어가는 난곡 사람들에겐 여전히, 정말, 난향이 납니다.

Present,
선물 같은 이 순간

오늘

누 굴 까 ? 행 복 바 이 러 스

누군가 플라스틱 병에 얼음을 가득 넣어 아주 시원한 냉커피를 타놓았네요. 누굴까요?

커피 마시는 사람마다 누굴까? 한마디씩 하면서 궁금해하는데……. 마시는 사람도 기분 괜찮지만, 좋겠어요. 그 사람. 다들 한 번씩 생각해주니. 복 받을 거여요. 그렇죠?

그렇다면 저도…… 언젠가 한 번……?

떡볶이 아저씨,
휴가 잘 다녀오세요

회사 앞 단골 떡볶이집 아저씨가 휴가 가면서 적어놓은 문구에요.

"쉽니다.

10년 만에 연락이 된 오랜 벗을 만나러 갑니다.

어려서부터 같이 자란, 절친한 벗이랍니다.

먼 곳에 사는 벗이라 좀 오래 걸릴 것 같아요.

가게 오픈하고 3년 만에 얻은 휴가랍니다.

일부러 저희 가게를 찾아주신 분들 죄송합니다.

이해해주실 거죠?

항상 좋은 말로 격려해주시고, 잊지 않고 찾아주시고,

그로 인해 저희 가족에게 웃음을 주시는 손님 여러분

사랑합니다.

다녀와서 더욱 열심히 일하겠습니다.

7월 28일 출발하고 8월 3일 돌아와요.

8월 4일 가게 와서 준비하고

8월 5일부터 맛있는 떡볶이 만들어드릴게요.

〈떡볶이 플러스〉"

1000원짜리 떡볶이 한 그릇 시켜먹는 손님이지만
이 휴가문구를 읽고 나니 절친한 친구를 만나러 가기 위
해 오랜만에 얻은 그의 휴가를 기쁘게 허락하고 이해하고,
기다려주는 사이가 되어 있습니다.

뒤돌아 가는 제 뒤통수가 찡하고 등이 따끈합니다.
암요, 이해해 드려야죠. 10년 만에 만나는 벗과 좋은 시
간 보내고 오세요. 돌아오셔서 아저씨 닮은 착하고 맛난 떡
볶이 많이 만들어주세요.

길 따 라 자 전 거 타 기

오늘 방송 중에 문자로 저더러 어제 뭐했냐고 물어보신
분 계셨지요?
글쎄요……. 뭐 했게요?
말하면 진짜 부러워하실 텐데…….
부러워하셔도 되는 분들만 보세요.

.

.

.

.

.

자전거 탔어요!!! 짠~
집에서 헤이리까지 왕복 20km
'겨우~?'
그러실지 몰라도 전 정말 뿌듯했다고요.

공원 같은 데서, 또는 동네 몇 바퀴 뱅글뱅글 도는 거 말
고 '길'을 따라가는 진짜 자전거 라이딩.

이런 '길'따라 자전거 타는 것은 시간, 계절, 함께 하는 사람, 그날의 컨디션, 날씨에 따라 다른 느낌을 받을 수 있어서 좋습니다.

날씨도 구체적으로 하늘의 표정, 바람의 숨결, 햇빛의 강도에 따라 다른 느낌이지요. 자전거타기에 있어서 '길'은 매우 결정적인 역할을 합니다.

이렇게 길 따라 자전거타기를 예찬하는 이유는,
어제 달린 '길'이 맘에 들었다는 뜻이에요.
물 댄 논이 출렁거리는 모습이 얼마나 예쁘던지.
거기에 초록빛 모를 심는 농부와 기계들은 휴일에도 어찌나 활기차게 일하는지. 풀과 나무가 바람을 만나면 어찌나 상쾌하게 사각거리는 소리를 내는지
어릴 적에 할머니 집에서 나던 장작불 냄새까지 섞여
다시 돌아오고 싶지 않을 정도였다니까요.

해 떨어질까 무서워 부랴부랴 돌아와야 했지만 다음에 다시 갈 땐, 여유를 가지고 중간 중간 쉬면서 사진도 찍으리라 다짐했답니다.
그땐 어제 그 하늘이랑 바람이랑 햇빛이랑
그 활기찬 물 댄 논이 절 기다려주진 않겠죠.
그래도, 그땐 그 나름의 예쁜 것들을 만날 거라 기대해봅니다^^

아 나 운 서 들 은
어 떤 발 음 을
가 장 힘 들 어 할 까 ?

아나운서들이 제일 힘들어하는 발음은 어떤 것일까요?
아나운서들이 발음하기 제일 꺼리는 것은 어떤 단어일까요?

지난해 겨울부터 네이버와 국립국어원이 만드는 발음사
전 녹음에 참여하면서 제일 궁금했던 거였습니다.

더 솔직히 얘기하자면,
'다른 아나운서들도 나처럼 고생하고 있을까?
다른 아나운서들도 나만큼 이 발음내기가 힘들까?'
뭐 그런 거였지요.

물론 이 궁금증은 녹음에 참여한 다른 아나운서들이랑
약간의 수다로 해소할 수 있었지만.

"세상에 뭐 그런 단어가 다 있대?" 구시렁~
"으윽……. 단모음 발음? 그건 어떻게 하는 거래?" 구시렁~
"피뢰침. 이게 이렇게 어려운 발음인 줄 오늘 처음 알았
어." 구시렁 구시렁~

한 아나운서가 녹음한 것 중에 부정확한 것은 다른 아나운서가 재녹음을 하고, 또 잘 안 된 부분이 있으면, 모았다가 다른 사람이 다시 녹음하는 방식.

며칠 전, 마지막 녹음을 마쳤습니다.

끝까지 남은 단어들. 그 단어들이야말로 아나운서들이 제일 힘들어하는 '끝판왕' 같은 녀석이 아닐까요? 후훗.

아무도 없을 때 이 단어들을 보고 따라 읽어보세요.

(사람이 있을 땐 절대 하지 마세요. 이상한 사람 취급 받습니다^^)

묘출되다 [묘ː출되다, 묘ː출뒈다]

무괴하다 [무괴하다, 무궤하다]

무뢰지배 [무뢰지배, 무뤠지배]

문외 [무뇌, 무눼]

밀회하다 [밀회하다, 밀훼하다]

반분되다 [반ː분되다, 반ː분뒈다]

'외' 와 '왜' 를 구분해 읽으셔야 합니다. '외' 는 단모음으로 발음해주셔야 해요. 즉, 발음할 때 입술모양이 흩어지면 안 된답니다. 근데 또 이 단어들은 '외' 를 단모음으로 발음하지 않는 경우래요. 아, 발음 잘하기 참~ 어렵네요^^

엄마, 회사 끊어!

오늘 청취자 사연 중, 토요일에도 출근하는 아빠가 보고 싶다고 회사로 놀러온 아이들 얘기가 있었습니다. 놀러온 자녀들을 보면서, 새벽같이 출근하고 한밤중에 퇴근하느라 아이들과 눈 한 번 마주칠 시간도 못 내면서 사랑한다고 생각했던 자신이 부끄러웠다는 그 사연에 제 코끝도 어느새 찡~해졌답니다.

이 사연처럼 주말에도 일하러 나가는 남편, 아빠의 일터로 아내와 아이들이 깜짝 방문을 하면 어떨까요? 혹은 자신의 일터로 사랑하는 가족을 초대하면 어떨지……. 그 일터가 두 평짜리 가게거나, 찬바람이 숭숭 들어오는 포장마차일지라도, 그곳에서 열심히 일하는 아빠의 모습은 그 자체만으로도 가족들에게 감동을 주니까요. 그렇게 아빠의 일터에서 만나 함께 자장면이라도 한 그릇 먹고 나면, 말하지 않고 눈빛만 봐도 서로의 마음을 알아주지 않을까요?

제 딸아이도 그랬습니다. 회사가 학원도 아닌데 저더러 회사를 끊으라며 날마다 아우성을 했죠. 한동안, 아주 열

심히 그랬답니다. 하지만 방송국에 데려와서 제가 일하는 모습을 직접 보여주었더니 아이가 '달라졌어요!'

"엄마, 방송 잘하세요. 그리고 내가 집에서 라디오에 대고 '엄마~' 하고 부르면 대답 좀 해주세요!"

이렇게 얘기한답니다^^

<h1 style="text-align:right">같 기 도</h1>

저희 〈그대아침〉 팀은 매일 아침밥을 같이 먹고요, 한 달에 한 번 점심을 같이 먹습니다.

나름 팀 회식이랄까요.

자장면이 먹고 싶다면서 매일 아침마다 문을 연 중국집을 찾는 정PD의 제안으로 오늘 팀 회식은 아는 사람만 안다는 저어기 저 목동 뒷골목에 위치한 중국집에서 맛있고 느끼한 산해진미를 맛보았답니다.

기분 좋게 점심을 먹고 따뜻한 햇볕 쬐면서 개나리 핀 공원을 지나니 와우~, 세상이 눈부시게 예뻐 보이네요. 밥 한 끼 잘 먹고 나니 이리도 여유만만한 것이. 사는 게 참 별 일 같기도 하고, 별 일 아닌 것 같기도 하고……

감사 합 니 다

잘 하는 사람에겐 상이 필요 없다는 얘기가 있습니다. 상이 없어도, 상을 안 받아도 잘 할 테니까요.

상복도 별로 없거니와 PD나 기자에 비해 유난히 상이 적은 아나운서여서 숱하게 남들 상 받을 때 박수 치면서 혼자 그랬습니다.

'잘 하는 사람에겐 상이 필요 없어'

그런 저에게도 상이 필요한 순간이 왔나 보네요. 15년차. 상을 안 받아도 잘 하는 시기는 지나갔나? 격려 받아야 하고 응원 받아야 할 시기가 이쯤 된다는 사실을 알아차리고 나니

상을 받는 마음이 꽤 겸손해집니다.

'더 잘 해야 하는 거구나……'

노래 한 곡에 목을 풀고 이야기 한 자락에 울고 웃어주는 친구 같은 라디오 청취자들에게 고맙습니다. 15년간 함께 해도 하나도 지겨운 줄 모르겠는 일과 사람들 덕분에 매일이 새날 같습니다. 감사합니다.

(2010년 한국아나운서대상 라디오진행상 수상소감)

지 금 여 기 서 눈 맞 추 자

지금은 한나절 일을 해치운 정오의 농부처럼 즐겁고 홀가분해요.

방송 끝내고, 아침밥 먹고, 배 두들기며 들어와서는 뉴스 하나 끝내고 나른한 표정으로 앉아 있어도 허용이 되는 그런 달달한 시간이죠.
이렇게 앉아 있다가 문득 오늘 방송에서 읽었던 결혼기념일 사연이 떠올랐답니다.

아내가 지금 여기서 눈 맞추자고 얘기하면
남편은 나중에 저기서 만나자고 답하죠.

아내는 "그냥 지금 여기서 빈 손 맞잡고 눈 맞추자"는 건데
남편은 "나중에 저 푸른 초원 위에 그림 같은 집 짓고 나면 거기서 보자"고 얘기를 합니다.

지금 여기서 눈 한 번 맞추고
그림 같은 집 짓고 나서도 눈 맞추면 좋을 것을.

　나중에, 이번 일만 잘 되면, 10년 뒤에는…… 등의 단서를 달면서 맛있는 밥 한끼를 미루고, 가족 여행을 미루고, 따뜻한 말 한마디를 미루며 살았던…… 그래서 매번 서로에게 미안하기 짝이 없다는 숱한 결혼기념일 사연들이 떠오르네요.

우리는 종종 행복해지고 싶다고 말하죠. 하지만,

그 말을 하는 순간이 행복한 순간이라는 건 항상 나중에 깨닫게 되죠.

우리도 나무가 되어

지난주, 집 근처 심학산에서 아이들과 함께 하는 숲교실
이 열렸답니다. '나무이름, 풀이름 알려주는 건가?' 하고 신
청했는데 이름 그대로 숲에서 아이들과 자유롭게 배우고
노는 거더군요.

그 중 한 가지 놀이가 '황사와 나무놀이'였습니다.
열다섯명의 아이 중에 한 아이가 술래가 되어 '나무'역할
을 맡고 나머지 열네명의 아이들이 '황사'역할을 맡아서 술
래가 지키는 영역을 뚫고 가는 거예요.
술래인 나무가 황사를 잡으면, 잡힌 그 황사들은 나무로
변하는 거죠. 잡힌 황사들이 늘어난 만큼 술래는 더 많아
지고, 뚫고 지나가려는 황사를 더 쉽게 잡을 수 있죠. 결국
황사들이 몽땅 잡히면 게임은 끝납니다.

무척 단순한 놀이지만 술래를 나무로, 나머지를 황사로
만들어놓으니 그럴싸한 의미와 가르침을 지닌 놀이가 되었
네요.
나무는 황사를 막아줄 수 있고, 그 나무가 모여 숲을 이

루면 황사를 막을 수 있다! 하하하

　그 놀이가 끝난 뒤, 한 아이 당 나무 하나씩 결연을 맺고
내려왔습니다.
　그 많은 나무 중에 결연 맺은 자기 나무를 잊지 않으려고
눈으로, 코로, 손끝으로 가슴으로 외워두고 왔는데
다음에 가서 잘 찾을 수 있을지 걱정이에요.

　산에 놀러갔다가 오는 바람에 작디작은 마당에 어떤 나
무를 심어볼까 하는 고민이 생겨서 마음이 한껏 부풀어 오
른 식목일이었습니다.

우리도 한 명씩 나무가 되어, 아름드리 숲을 함께 만들어가요

아 프 지   말 자

아팠습니다. 어릴 적에도 몸이 아파서 울어본 기억이 없는데 다 큰 어른이 돼서 아프다고 울었다지요.

몸이 아프니까 마음도 아픈 것 같았죠.

아니 사실은 몸이 아픈 것보다, 아픈 구석 여기저기를 바라보는 마음이 더 아프고 서러워서 눈물을 쏟았습니다.

몸이 아프니까 마음이 가난해지더라고요.

문득, '내가 너무 욕심을 부리며 살고 있는 건 아닐까' 생각했습니다. 버둥대며 잡으려했던 것들의 가치를 다시 한번 계산해보게 되고 괜스레 내 삶의 우선순위도 재점검해보게 되네요.

아프지 않을 땐,

남의 도움 전혀 안 빌리고 살 것처럼,

남한테 아쉬운 소리 절대 안 하고 살 것 같았는데

아파보니 "힘들어요, 도와줘요"

자존심을 누르고 나오는 말들이 참 쉽기도 하죠.

응급실에 몇 시간 누워 있어보니 알 것 같습니다.

가느다란 호스를 온몸에 꽂고, 솜뭉치처럼 마르고 가벼
워진 채 누워 있는 사람들.

한 침대가 비워지고, 또 다른 환자로 채워지는 그 슬픈
시간들을 눈여겨보면서 이렇게 낯선 풍경들이 그 지루하고
평온한 우리 일상의 바로 옆에서 일어나는 일이라는 것을
얼마나 잊고 사는지.

아파보니, 건강이란 참 소중한 축복이었구나 싶습니다.

씩씩하고 건강할 땐 잘 몰랐던 마음들을, 아프면서 만나
고 있습니다.

이것도 내 성장에 도움이 되겠지요.

'그래도 아프지 말자'하고 오늘도 다짐했네요.

왜 You Needed Me 일까?

I cried a tear,

you wiped it dry.

I was confused,

you cleared my mind.

I sold my soul,

you bought it back for me

And held me up

and gave me dignity.

Somehow you needed me.

내가 눈물을 흘릴 때

당신은 내 눈물을 닦아주었지요

내가 혼란스러울 때

당신은 내 마음을 깨끗하게 해주었지요.

내 영혼을 팔아 버렸을 때

당신은 다시 내 영혼을 돌려주었지요

그리고 나를 일으켜 세워 주었고

내게 존귀함을 일깨워주었지요

왜 그런지 모르겠지만, 당신은 나를 필요로 했습니다.

You gave me strength

to stand alone again

To face the world

out on my own again.

You put me high

upon a pedestal

So high that I could

almost see eternity,

you needed me,

you needed me

당신은 나에게 나 혼자 힘으로

다시 일어설 수 있는

이 세상을 당당하게 살아갈 수 있는

그러한 힘을 불어 넣어주었지요

당신은 나를 단단한 주춧돌 위에

높이 올려주었지요

영원한 미래를 내려다볼 수

있을 정도로 높이 말이지요

당신은 내가 필요했던 것이지요

당신은 내가 필요했던 것이지요

And I can't believe it's you,

I can't believe it's true.

I needed you and

you were there

and I'll never leave.

Why should I leave

I'd be a fool'

Cause I've finally found

someone who really cares.

그 모든 것이 바로 당신이라는 것과

그 모든 것이 사실이라는 것이 믿기지 않았어요

난 당신이 필요했고 당신은 언제나 내 곁에 있어 주었

지요 난 당신 곁을 절대로 떠나지 않을 거에요.

내가 왜 당신 곁을 떠나겠어요. 바보처럼.

진정으로 날 사랑해줄 사람이

누구인가를 비로소 알았는데.

You held my hand

when it was cold.

When I was lost,

you took me home.

You gave me hope,

when I was at the end,

And turned my lies

back into truth again.

You even called me friend.

추운 날이면

당신은 내 손을 잡아 주었고

길을 잃고 헤맬 때

당신은 나를 집으로 데려다 주었지요

내가 절망에 늪에 빠져 있을 때

당신은 나에게 희망을 불어 넣어 주었고
거짓을 다시 진실로 바꾸어 주었어요
당신은 심지어 나를 친구라고 불러주었지요

Anne Murray가 부르는 〈You Needed Me〉
이 노래를 들을 때마다 참 궁금해집니다.

당신이 / 내 눈물을 닦아주고 / 내 마음을 위로해주고
나를 일으켜 세워주고 존귀함을 일깨워주고
나에게 힘을 주었다

이쯤 되면 이 노래의 제목은 I needed you가 되어야 마땅하지 않나요. 그런데 결국 하는 말이, I needed you 내가 당신이 필요했던 것이 아니라, You needed me 랍니다. 당신이 나를 필요로 했다고요.

누군가로부터 무진장한 위로와 사랑을 받아놓고서는 고맙다는 말은커녕 사랑을 펴준 그 누군가한테 "당신에겐 사랑을 줄 대상이 필요했었군요"라고 말한다고 생각해보세요. 정말 기가 찰 일입니다.

이렇게 기가 찰 일은 먼 곳에 있지도 않아서 사실 부모들은 자식들한테서 이런 소리를 듣는 경우가 종종 있습니다. 자식들을 위해서라면 모든 힘을 쏟는 부모를 보며 고맙다는 말 대신, 자식들은 "You Needed Me"라고 이야기할지도 모릅니다. 때에 따라 "내가 없었으면 어쩔 뻔 했어요? 다 엄마, 아빠가 원해서 한 일이면서……"를 덧붙일 수도 있

겠습니다.

야속하게 들릴지 모르겠으나 이것은 사실이니 어쩔 도리가 없지요. 왜냐고요? 사랑에 있어서 약자는 더 많이 사랑하는 사람이 될 수밖에 없으므로.

제가 '왜 이 노래의 제목은 You Needed Me일까요?'를 물었을 때 청취자 한 분이 이런 답글을 주었습니다.

'나보다 더 나를 잘 알고, 늘 생각하고 늘 걱정하고. 이것은 '사랑받음'을 사랑이라고 믿고 좋아하는 상태를 훌쩍 초월한 에너지이다. 부모가 자식을 늘 사랑하듯이.'
더 많은 사랑을 지니고 있는 쪽에서 사랑이 시작되고 그 사랑이 흘러가는 것. 그러니, 사랑 많은 당신이 나를 먼저 필요로 했던 겁니다.
"언제 내가 그러라 그랬어? 당신이 좋아서 그런 거잖아?"
때로는 이런 열불 나는 이야기를 들어도 그 사랑을 멈출 수가 없는 것이지요.
내가 사랑하기 전에 나를 먼저 사랑해주었던 그 사랑 덕에, 나는 길을 잃었을 때도 집을 찾을 수 있었고, 쓰러지고도 일어날 수 있었고, 험한 세상을 당당하게 살아갈 수 있었습니다. 그것이 다 You Needed Me 했기 때문이겠지요.

9천 원짜리 사치

가끔 사치를 부리고 싶은 날이 있습니다.
오늘이 그런 날이었어요.
그래서 우리 〈그대아침〉팀은 늘 먹던
해장국, 청국장, 순대국을 배신하고
아주 우. 아. 하. 고, 럭. 셔. 리. 하. 게
9천 원짜리 브런치를 즐겼답니다.
크랩 샌드위치와 유기농커피가 세트로 나오는,
커다란 창으로 둘러싸인 카페에서 말이죠.

그 시간, 창 밖으로 종종걸음으로 출근길을 재촉하는 직
장인들을 내다보며 하루 중 가장 큰 일 하나를 이미 끝내
고 커피 한 잔을 즐길 수 있는 여유가 오늘따라 참 특별하
고 고맙더라고요.

내일은 다시 순대국으로 돌아가겠지만, 가끔 이런 9천 원
짜리 사치도 부려볼 만하다는 생각이 듭니다.

열 명품백 부럽지 않은 이런 소소한 사치 하나가
사람을 하루 종일 여유롭게 하네요.

오늘은 성 금요일입니다

새벽기도열풍이라는 단어가 인기 검색어로 오른 이유는
아마 이번 주가 고난주간이기 때문이겠죠. 전 무엇이든
열풍'같은 건 별로 좋아하지 않습니다. 내 의지와는 상관없
이 휩싸이는 듯한 느낌이 싫기도 하고요.

하지만 수천 명에서 수만 명에 이르는 사람들이
새벽기도회를 찾아가는 걸 보면
간절한 기도제목이 참 많은 것 같습니다.
오죽하면 바쁜 일과 속에서도 하나님과 대화하고자
잠자는 시간을 줄여가면서 새벽시간을 할애할까,
싶기도 하고요
이 간절함과 열정이 우리의 일상과 사회 속에
잔잔히 퍼져 나가면 얼마나 좋을까요.

고난주간, 크게 고난을 당하며 살지 않은 제 삶이 부끄
럽네요. 고난을 비켜가려고 얼마나 이리저리 핑계를 대며
살아왔는지. 남의 고난을 얼마나 모른 척하며 살아왔는지.

달랑 저와 제 가족만을 챙기며 살면서도 이것도 쉬운 일이
아니라고 넋두리만 많았죠.

에휴~ 고난은 이렇게 무서워하고, 피해 다니는 제가,
제대로 부활은 느낄 수 있을까 싶네요.

"내가 살기 위해 네가 죽어줘야겠다"고 외치는 저에게
"우리가 살기 위해 내가 죽겠다"고 말하는 예수의 삶은
너무나 극적인 대조를 이루니까.

제 수첩에 붙여놓은 〈주기도문〉이에요.
마음을 다해 한 자, 한 자 읊조리면
많이 부끄러워지는 기도에요.

〈하늘에 계신〉 하지 말라. 세상일에만 빠져 있으면서.
〈우리〉 하지 말라. 너 혼자만 생각하며 살아가면서.
〈아버지〉 하지 말라. 아들딸로서 살지 않으면서.
〈아버지의 이름이 거룩히 빛나시며〉 하지 말라. 물질만능의
나라를 원하면서.
〈아버지의 뜻이 하늘에서와 같이 땅에서도 이루어지
소서〉 하지 말라. 내 뜻대로 되기를 기도하면서.
〈오늘 저희에게 일용할 양식을 주시고〉 하지 말라. 가난한
이들을 본체만체 하면서.
〈저희에게 잘못한 이를 저희가 용서하오니 저희 죄를
용서하시고〉 하지 말라. 누구에겐가 아직도 앙심을 품고 있으면서.

〈저희를 유혹에 빠지지 않게 하시고〉 하지 말라. 죄 지을 기
회를 찾아다니면서.

〈악에서 구하소서〉 하지 말라. 악을 보고도 아무런 양심의 소리를
듣지 않으면서.

〈아멘〉 하지 말라. 주님의 기도를 진정 나의 기도로 바치지 않으면서.

운 동 회

많이 없어지고 간소화되었다고는 해도 아직은 여러 초등학교에서 운동회를 개최하고 있네요.

요즘이 운동회 시즌입니다.

딸의 달리기 3등을 빌어달라고 하는 엄마의 사연에서부터, 계주선수로 뛰는 6학년 아들을 위한 응원 메시지까지…….

요즘은 시험 보는 자녀를 응원하는 사연만큼 운동회에서 신나게 놀고, 잘 이기라며 응원하는 메시지가 참 많습니다.

저는 어렸을 때, 달리기 잘하는 친구와 피구 잘하는 친구를 제일 부러워했답니다. 이유야 뭐, 짐작하시는 대로고요. 운동회 날의 총소리는 지금 생각해도 가슴이 떨려요!

운동회 날, 가장 목에 힘이 들어가는 건 계주선수의 부모님이죠. 달리기 잘하는 친구들, 정~말 부럽습니다.

허구한 날 자전거 타고 노느라 늘 늦은 귀가를 감행하는
제 아들놈한테 제가 슬쩍 비꼬듯이
"이제 장마철인데, 밖에서 자전거 못 타서 어떻게 하냐?"
그랬더니요, 글쎄 이 녀석이
"비 오면 자전거보다 더 재밌는 일이 있는데요, 뭐! 우산
쓰고 달팽이 찾는 거요~"
그러고선 밖으로 휭~

맑으면 맑은 대로
비 오면 비 오는 대로
모든 곳이 놀이터고
모든 것이 놀이감인 아이들.

비 오는 날 우리 아들이랑 놀아주는 달팽이가
참 고마워요.

수확의 기쁨

치커리, 곰취나물, 샐러리, 민들레, 딸기.
지난 6월, 저희 집 작은 정원에서 피어난 첫 수확물들이에요.
요즘은 깻잎과 고추 수확이 한창이에요.
고추는 비록 네 개밖에 안 달렸지만…….

봄에 심었던 가지는 한 개도 안 열린 거 있죠. 섭섭하게.
사과는 딱 한 개. 치~
소꿉놀이 같아요, 그렇죠?^^

그래도 코딱지만 한 정원에서 무언가 계속 쉬지 않고 피고, 지는 것이 해마다 저를 즐겁게 하네요. 수확의 기쁨을 논하기엔 부끄럽지만, '씨를 뿌리고 물을 주면 자라나 열매를 맺더라'는 지극히 교과서적인 내용을 직접 눈으로 확인하고 나니, 절대 교과서처럼 당연하고 밋밋한 내용이 아니더라는 걸 알게 되었답니다. 정말 경이롭고 신선하죠.

코딱지만 한 정원이지만,
어슬렁거리며 지낼 수 있어 행복한 여름날입니다!

방 학 이 다

방학 맞은 아이들의 웃음이 먹구름을 걷어냈네요.

자연이 아이들의 친구이고, 교과서고, 그 안에서 원 없이
놀게 해야 건강해진다는 얘기를 없이 들었어도 올 방학엔
어떤 학원에서 어떤 수업을 수강해야 하는지, 부족한 과목
보충은 어떻게 시켜야 하는지부터 걱정하는 게 어쩔 수 없
는 학부모의 마음이죠.

신나게 힘차게 뛰어 놀아야 건강해지고 창의력이 향상되고
그런 아이들이야말로 어른이 된 이후에도
건강한 삶을 살 수 있다는데.
콘크리트 숲에서 살아가느라
자연을 가까이 하지 못하기 때문에
인위적인 프로그램을 만들어 자연을 알려주는 현실.

요즘 방학을 맞는 학부모들은, 방학숙제때문에 걱정하는
아이들보다 고민이 훨씬 더 많답니다.

"쪽빛 하늘, 솜털 구름 몇 조각,
한낮엔 못 느낄 선선한 바람 한 줌. 참 고마운 아침이죠?"

사 랑 스 러 운
여 름 날 의   저 녁

여름의 저녁은 참으로 사랑스럽습니다.

귀를 먹먹하게 만드는 매미소리가 모든 것을 삼켜버리는
낮과는 달리 밤에는 수많은 풀벌레들이 내는 각양각색의
목소리들이 마치 합주를 하듯 어우러지기 때문이죠.

아이와 함께 서로 다른 풀벌레소리들을 찾아내는
즐거운 작업도 해봤는데,
이 풀벌레들도 사람의 인기척을 어찌 그리 잘 알아내는지
조금만 가까이 다가가면 뚝 노래를 그치더라고요.

하나의 소리가 모든 것을 지배해버리는 것보다는 이렇게
여러 가지 제각각의 소리가 화음처럼 들리는 세상이 참 좋
구나! 여름밤이 제게 깨닫게 해줍니다.

문 꽁꽁 걸어 잠그고 에어컨으로 버티는 여름이
우리들에게 익숙해져버렸지만
사실 여름은 열린 계절이었어요.
창문을 열고 대문을 열고,

마당에 나가 평상에 앉아
가족, 이웃과 마주하고 자연과도 마주하고.

여름이 다 가기 전에
마당에 더 자주 나가
여름밤을 즐겨야겠어요.

이 여름의 끝도 비가 되려는지. 아쉬운 여름이 가고 있어요.

어쩐지 내리는 비에서도 가을의 서늘함이 느껴지네요.

힘을 내요,
청년이여!

　방송을 마치고 아침밥 먹으러 나오는데 한 남학생이 노란 포장지를 두른 꽃 한 다발을 들고 걸어가더라고요.
　걷다가 쇼윈도나 알루미늄 철판 등 반사되는 것만 있으면 자기 모습을 비춰보고, 옷매무새를 다듬기도 하더군요.
　다시 보니 차려 입은 옷이 평범한 듯 하지만, 군데군데 심상치 않은 흔적이 있네요.
　재킷과 바지에는 분명 정성들여 다림질한 흔적이 있고요, 머리도 최소 한 시간 이상 매만진 결과물인 것 같아요.

　조금은 촌스럽지만 순수해 보이는 이 청년.
　아침 아홉 시가 조금 넘은 이 시간에
　어여쁜 꽃다발을 들고 누구를 만나러 가는 걸까요?
　시간에 쫓기거나 방향에 집중하지 않고
　주변을 서성이는 걸 보면
　누군가와 약속이 되어 있는 것 같지는 않아요.
　그냥 무작정 누군가를 기다리는 것처럼 보여요.

　저는 그 모습까지만 보고 발걸음을 돌렸지만,

은근슬쩍 궁금해지네요.

그 청년, 꽃다발 잘 전하고 상대방과 따뜻한 커피 한 잔
마실 시간이라도 얻었을까요?

바람 한 줄기

　아파트에서 주택으로 이사하고 나서 느낀 가장 큰 차이점은, 겨울에도 반팔을 입고 지내던 아파트와는 다르게 바깥의 기온을 안에서도 잘 느낄 수 있다는 겁니다. 아무리 보일러를 잘 깔았다고 해도 머리와 천장 사이로 휭하고 부는 외풍 때문인지 티셔츠에 스웨터까지 걸쳐야 체온이 유지되죠. 게다가 지하주차장도 없으니 차를 타려면 꼭 바깥 바람을 맞아야 하고요. 덕분에 매일 아침 날씨를 온몸으로 확인할 수 있어서 좋기도 합니다.

　바람이 차지고 기온이 떨어지면서 온 집안의 창문을 꽁꽁 잠그게 되는데, 그러다보면 공기가 무겁고 답답해요. 창틀엔 습기가 어렸고요. 이런 때일수록 환기를 자주 시켜줘야 합니다.

　사람 속도 그래요. 너무 닫아두고 있으면 탁해지고, 냄새 나고 습기 차서 곰팡이까지 생긴다니까요. 바람 한줄기 지나가게 해줘야겠어요. 아무리 추운 날씨더라도, 맑고 쨍한 칼바람이 집안 곳곳을 훑고 지나가주면 머릿속까지 깨끗해지는 기분이거든요.

사람의 마음속도 환기가 필요해요.
오늘은 시원한 바람 한줄기 안으로 들이시는 건 어떨까요?

가을 아침에

CBS 방송국 뒷문으로 나가면 고층건물에 둘러싸인
작은 광장 느낌의 공간을 만나게 되는데요.
요즘, 이 공간의 한가운데에 서서 몸이 휘어질 듯 목을
뒤로 젖히고 하늘을 바라보는 일만큼 환상적인 일은 없는
것 같습니다.

오늘 고층건물 사이로 본 하늘은, 그야말로 크레파스 하
늘색. 차가운 공기에 잔뜩 팽팽해져, 올려다보고 있는 제
얼굴 위로 뚝, 뚝, 파아란 물이 떨어져 물들 것만 같았지요.

방송 끝내고 아침밥 먹으러 이 광장에 나오게 되는데요.
이른 시간, 아직 사람들로 북적이지 않은 이 광장의 중심
에 서서 하늘과 바람과 계절의 기를 온몸으로 흡수하는 일
이야말로 하루를 생생하게 사는 비결이라고 할까요.
가을 햇살에 눈을 가느다랗게 뜨고 얼굴을 쭉 내밀면서도
찬바람에 옷깃을 자꾸만 여미게 되는 날.
정신이 번쩍 들게 맑고 차가운 기운 덕에 느닷없이 샘솟
는 의욕이 참 사랑스러운 가을 아침입니다.

밥상의 중심은 밥

동네 어귀 논이 누렇게 변하는 걸 보면서
한참 전부터 햅쌀을 기대했답니다.
동네에서 농사지으시는 이웃에게
햅쌀을 부탁해놓았거든요.

사실 그동안 밥상에 오른 음식들 중
저의 관심을 가장 못 받는 것이 '밥'이었어요.
무슨 국인지, 무슨 반찬인지에만 온 정신이 집중됐을 뿐.
콩밥인지, 보리밥인지
이게 묵은쌀인지, 햅쌀인지.
'밥'은 그냥 밥일 뿐이라고 생각했고,
세상 모든 밥맛은 똑같았는데…….
(저한테 밥은 진밥과 된밥이 존재할 뿐이었죠)

유난히 밥맛에 민감한 저희 엄마.
외식이라도 하면
한상 가득 맛깔스런 반찬들이 놓여 있어도
항상 밥으로 그 음식점의 위상을 최종 평가하셨죠.

"쌀이 좋지 않다!!!"
그러고는 두 번 다시 그 집에 가지 않으셨죠.

예전에는 엄마의 '밥사랑, 쌀사랑'을 잘 몰랐는데
직장생활을 시작하고 바깥 밥 먹을 일이 많아지면서
저도 엄마의 마음이 뭔지 알아가네요.
밥상의 중심은 유혹적인 반찬보다는
찰지고 윤기 나는 밥에 있다는 것을.

햅쌀이 나오면 맛있게 밥 지어서 꼭꼭 잘 음미하면서 먹
어야죠.
올 한해 햇살과 바람과 비, 농부의 땀…….
이 모든 것들이 알알이 뭉쳐져 만들어진 것이니
단숨에 꿀꺽 삼키기 송구스럽죠.
고마워하면서 천천히……^^

쌀 한 톨엔 햇살과 바람과 비와 땀……모든 게 들어있죠.
한 알의 쌀에서 우주를 음미해보세요.

낙 서 와 그 림 의 차 이

며칠 전 간단한 가을나들이를 다녀왔지요.
붉은 기운이 감도는 남산 길을 돌고 돌아
리움미술관까지.

일하기 싫어서가 아니라 가을 햇살이 참을 수 없을 만큼
유혹적이었기에 어쩔 수 없었다고 믿어주세요.

미술관은 미술작품을 보러 가는 곳이지만
제게는 꼭 '미술작품만'을 보러가는 곳은 아니에요.
그곳에서만 가능할 것 같은 느린 시간도 만나고
여유로운 공간에서 사람들 구경도 하고 왔습니다.

몸에 물감을 묻히고 화폭에 뒹굴어도 그것이 작품이 되는,
반복적으로 그려진 동그라미도 예술이 되는 아티스트들을
부러워도 했고요^^
(저의 연습장 낙서와 흡사한 그림들도 있던데……^^;;)

아무리 비슷한 그림이라고 해도

그의 그림은 예술작품이고

나의 그림은 그저 낙서로 남는

그 엄청난 차이는 어디서 생기는 걸까요?

그는 자신의 그림을 예술이라고 생각했고,

전 저의 그림을 낙서라고 단정했기 때문이라는 결론을
내렸습니다.

그는 자신의 그림을 예술로 승화시켜 작품을 만들었고,

전 '종이 아까우니 그만 낭비하자'며 연필을 꺾었던 거죠.

아, 이 가을에 햇살이 너무나 유혹적이거든

한 번쯤 모른 척 유혹에 넘어가주셔도 참 좋을 것 같아요^^

강자가 되는 방법

우리나라에서 무척 유명한 한 지휘자와 그가 이끄는 오케스트라의 공연에서 노래 잘하기로 유명한 한 성악가가 노래를 불렀습니다.

워낙 무대매너가 좋은 것으로 유명한 이 성악가는 노래 실력도 좋지만, 시선이나 몸동작 하나까지 무대를 압도하여 우레와 같은 박수를 받았답니다.

노래가 끝나고 난 뒤, 지휘자 역시 성악가를 향해서 박수를 보냈고 성악가는 지휘자를 향해 엄지손가락을 들어보였죠.

보통은 지휘자가 청중들에게 성악가를 위한 박수를 요청하고, 성악가는 관객들을 향해 인사를 하는 것이 일반적인데 그 성악가는 오히려 지휘자를 위한 박수를 관객들에게 청하더라고요. 특이하다 싶을 정도로 서로를 격려하는 모습이 참 보기 좋았어요.

공연이 끝난 뒤, 그 무대를 기획한 분에게 두 사람 사이가 워낙 좋은 것 같다고, 무대에서 서로에게 격려를 아끼지 않는 모습이 보기 좋았다고 했더니…… 사실은 정반대라고 하더군요. 대기실에서 두 사람의 대립이 얼마나 날카로웠는지 모른다고.

　지휘자도 성악가도 둘 다 내로라하는 전문가들에, 자존심도 강한 성격이라서 기세싸움을 하는 건 예삿일이고 티격태격하면서 무대에 오르기도 한다네요.
　하지만 일단 무대에 오르면 프로다운 모습을 보여주는 거죠. 서로를 치켜세워주는 것도 어쩌면 기세싸움일지도 모른다는 생각이 들었어요. 상대를 향해 박수를 보내달라고 관객들에게 요청하는 것이야말로 자신이 이 무대의 주인이라는 것을 보여준다는 거죠.

　두 대가의 기세싸움에 피식 웃음이 나면서도 한편으로는 '그것 참, 괜찮은 방법이네' 싶었답니다.

상대를 격려하고 박수보내기가
오히려 주도권을 잡는 방법이 될 수 있다니.
자신이 진짜 강자임을 나타내는 방법이랄까?

자 연 은
가 장 좋 은 것 을
가 장 저 렴 하 게 제 공 한 다

제철에 나는 것들이 사람의 건강에 제일 좋은 식재료가
된다는 것은 이미 널리 알려진 사실입니다.

제철 나물, 제철 과일……. 자연은 우리에게 가장 좋은 것
을, 가장 저렴하게 제공합니다.

근데 왜 지천에 가득할 때는 돌아보지도 않다가 귀해지
고 값 비싸지면 그때부터 소중하게 여기게 될까요? 지천에
나있는 쑥을 난생 처음 뜯으면서 든 생각이에요.

이웃집 할머니가 알려주셨어요.
쑥이 얼마나 많이 피었는지 모른다고.
그거 뜯어다가 삶아서 쌀이랑 같이 방앗간에 맡기면
사서 먹는 쑥떡과는 비교할 수 없이 맛있는 쑥떡을 먹을
수 있다고요.

쫄깃한 쑥절편 한 접시 얻어먹고 저도 한 번 팔을 걷어
붙인 거죠. 10kg짜리 좋은 쌀이랑, 쑥 뜯어다가 삶은 것 이
고지고 방앗간에 가니 쑥떡 만들려고 나온 처자들이 줄을
서 있네요.

쑥절편이랑 쑥개떡이랑,

그리고 꼭 먹고 싶은 쑥떡이 있는데 이름을 몰라서

한참을 떡집 아줌마한테 설명했더니 그게 쑥버무리라고

하더군요.

예전에 누가 쑥버무리를 집에서 해 가지고 와서

먹어보라고 준 적이 있는데 그때 진짜 맛있었거든요.

그렇게 잔뜩 주문해놓고 집에 왔네요.

맛에 대한 기억은 신기하게 오래가는 것 같아요.

그때 태어나서 처음이자 마지막으로 먹어본 쑥버무리를

지금 기억해내고는 쌀가루까지 빻아온 걸 보면요!

한 말이 넘는 그 떡, 누가 다 먹냐고요?

어버이날 선물로 부모님께 드리고요,

동네 아이들 데려다 간식으로 먹이고요,

오래오래 먹으려고 냉동실에 꼭 채워놓고

반가운 손님들 오면 꺼내서

지글지글 기름에다 지져 먹을 거예요^^

계 란 **천 사**

지난해 초란 100판으로 저희 〈그대아침〉 제작진을 깜짝 놀라게 했던 계란 천사님이 어제도 CBS 방송국에 찾아오셨습니다. 이번엔 150판의 계란을 싣고.

밤 12시부터 새벽 내내 일하시고도
어쩜 그렇게 사뿐한 걸음으로 달려오신 건지.
150판의 계란을 가져오면서도
어쩜 그렇게 아무것도 아닌 양 말씀하시는 건지.
"다음에 또 올게요."하면서 살포시 끝인사를 남기고 사라지셨습니다.
CBS편성국 식구들 한 판씩 다 챙겨주는데
문득 우리 '그대'들이 생각나더라고요.
청취자들 사연을 보면, 공부방이나 복지관 등을 돕는 분들이 종종 계시던데. 그분들 계신 곳에 나눠드려서 오늘 오후 간식으로 삶은 계란 하나씩, 또는 내일 점심반찬으로 계란 후라이 하나씩 공부방 아이들이나 복지관 어르신들이

드실 수 있다면 참 좋겠다 싶었죠.

오늘 방송시간에 문자를 통해 신청 받았고,
20판(600개씩)의 계란 받을 곳은
푸르메 재활센터와 대방종합사회복지관, 신목복지관으로
결정되었답니다.

세 곳 모두 우리 '그대'들이 일하는 곳이라 더더욱 기쁘
더군요. 맛있게 드세요. 계란 천사님도 기쁘실 거예요.^^

한편 우리의 정한성PD는 어제부터 오늘까지 그 수많은
계란을 나르면서 무아지경에 빠지는 경험을 했답니다.

'내일은 무슨 퀴즈를 내나?'

매일 책상에 앉아서 머리만 굴리다가 150판의 계란을 이
리로 저리로, 아래층으로 위층으로 나르는 단순노동 속에
서 희열을 느꼈답니다. 아무래도 곧 정PD를 계란 천사님
계신 농장으로 1박 2일 봉사활동 보내야겠습니다.

사랑은
통절한 아픔이다

"기억하시는지 모르겠어요. 작년 12월에 여자친구와 1,000일이 됐다며 이벤트를 도와달라는 글을 남겼었는데…… 덕분에 1,000일 이벤트는 대성공!!^^ 드디어 저희 커플이 4월 결혼에 골인하게 되었답니다. 결혼은 또 다른 삶의 시작이라는데. 저희 커플을 위한 응원의 격려 한마디 부탁드릴게요!!! 그리고 저의 삶의 동반자가 되어줄 그녀에게도 수채화 물감처럼 하루하루를 아름다운 풍경화처럼 물들여가며 살자고 꼭 전해주세요~!^__^"

흐뭇해지는 사연 하나를 받았습니다. 사실 매일 라디오를 진행하다보면 비일비재로 많이 들어오는 흔한 축하사연일수도 있겠지만, 그래서 응원의 격려 한마디 부탁에 그저 가볍게 '축하합니다'라고 하고 넘어갈 수도 있었겠는데, 이 날은, 알콩달콩 연애편지를 핑퐁게임 하듯 이쪽저쪽으로 전달해준 사람으로서, 결혼을 결심하고 서 있는 이 커플을 보는 마음이 유난히 몽글몽글해졌습니다.

한마디를 거들자 하니, 갑자기 떠오르는 이야기.

예전에 한 강연에서 신영복 교수가 이런 얘기를 한 적이 있습니다.

〈사랑은 통절한 아픔이다. 사랑은 자신의 세계 안으로
한 존재를 오롯이 받아들이는 것이다. 얼마나 힘들고 얼마
나 부담스러운 일이냐. 가슴 아픈 것과 골치 아픈 것,이 둘
의 차이가 무엇이냐. 자기 세계로 받아들인 것은 가슴 아
픈 일이 되고 자기 세계로 받아들이지 못한 것, 받아들이
기 싫은 것은 골치 아픈 일이 된다〉

자기의 세계 안으로 무언가를 누군가를 받아들이는 것.
이것이 사랑이라는 얘기를 들으니, 그리고 그 일이 얼마나
힘든 것인지 생각해보니, 사랑이란 가슴 아픈 일이 더 많아
진다는 뜻이구나 싶습니다. 사랑이 아니라면 "무슨 상관이
람?!"하면서 돌아설 순간에도, 사랑하니까, 내가 받아들인
사람이므로, 기쁨과 슬픔이 고스란히 나에게도 흘러들어
같이 기뻐하고 함께 가슴 아파하는 일이 많아지는 것.

한 사람을 내 세계 안으로 들이면 통증은 두 배로 늘어
나는 법입니다. 돌아보면 자식 많은 엄마가 통증이 많았듯
이. 그런데 가족을 넘어서 수많은 이들과 손잡고 연대하는
사람들도 있으니까요.
가슴 아플 일이 더 많을 것이 뻔한, 약하고 여린 존재들
을 제 품에 안고 세상이 골치 아프다고 여기는 것들을 붙
들고 가슴 아파 울고.
이 세상, 사랑 많은 사람들은 다 그랬습니다.

슬픔도 기쁨처럼 사랑이라는 것을 인정하고 나니, 애통하는 자는 복이 있나니……하는 성경구절이 약간 이해가 될 듯도 합니다. 여기에서 '애통하는 자'는 자신의 고통에 힘겨워 우는 사람일 수도 있지만 이들을 자신의 세계 안에 들이고 이들의 슬픔 때문에 가슴 아파하는

사랑 많은 사람이 아닐까 하는 생각이요.

사실, 결혼을 앞둔 사연의 주인공에게 이렇게 무거운 얘기를 하려고 했던 건 아니었는데.

그저 이렇게 말하고 싶었던 거지요.

한 존재를 자신의 세계로 받아들이기로 작정한 그대,

가슴 아픈 일이 더 많아질 '사랑'을 결심한 그대, 진짜 멋지다고…….

살다가 마음 아픈 일 많거든, '그게 원래 사랑인거지' 그러시라고…….

세 상 에 그 런 남 편 ,
있 습 디 다

"오늘 제 생일인데요, 아침에 출근하려고 보니 남편이 자동차에 풍선을 달아놨더라고요. 차 안도 풍선으로 가득하고요. 저 신혼여행 가는 마음으로 출근해요. 우리 남편 멋지죠?"

토요일 오후도 아닌데 이른 아침 출근길에 풍선을 날리며 달리고 있을 자동차를 상상하니 웃음을 참을 수 없네요. 이 깜찍한 남편을 누가 말리랴. 이왕 하는 거, 풍선 사이로 플래카드도 하나 달아주시지. '경축 아내 생일'이라고.

인생 최대 목표가 아내를 행복하게 해주는 일이라는 남편, 감기로 고생하면서도 바다가 보고 싶다는 아내 말에 기꺼이 동해행을 감행해주었다는 남편……. 제가 진행하는 라디오 프로그램에는 다른 남편들이 들으면 은근 압박을 느낄 만한 닭털 남편들의 사연이 유난히 많이 들어오는 편입니다.

"세상에 그런 남편이 어디 있어?" 하고 평소 입버릇처럼 말하는 남편들에게,

세상엔 그런 남편도 있다고, 그러니 지금 당신이 보는 그

세상 말고 좀 다른 세상도 볼 필요가 있지 않겠느냐며 메시지를 전하는 한 닭털 남편의 사연을 소개합니다.

"우리 마눌님 생일이라 미역국에 몇 가지 음식을 만들어서 축하했는데도 모자란 듯……. 사랑해요, 혜정 씨"
"모자라긴 뭣이 모자라~?! 아주 그냥 넘치는구먼!"
방송 중에 들어온 문자에 이렇게 농담처럼 말했지만, 저는 알 것 같습니다. 그저 더 잘해주지 못해서 미안하고, 곁에 있어주는 것만으로도 눈물 나게 고마워하는 그 마음. 이것이 바로 '그대 앞에만 서면 작아진다'는 〈애모의 법칙〉이며, 닭털 부부의 기본자세가 아닐까요?

이런 사연을 소개하고 나면 청취자들의 반응은 극명하게 나뉘어요.
"뭡니까, 그 남자. 그런 사연 좀 소개하지 마요~. 아내가 듣고 바가지 긁어요!"
"에휴, 제 남편은 마누라 생일을 아는지, 모르는지~."
이런 슬픈(!) 진영이 있는가 하면,

"그거 괜찮은 방법이네! 다음엔 저도 한 번 해봐야겠어요"
"우리 남편도 생일 때 정말 간단한 이벤트 해줬는데, 눈물 나게 감동적이더라고요!"
하며 닭털 날리기에 동참하는 부부들도 있죠.

그러다보니 아내의 생일 아침에 미역국 끓이는 남편들의

사연은 점점 늘어만 가고 40~50대 부부들이 꽃사슴, 옆구
리, 은하수 등 연애할 때 애칭을 다시 불러가면서 결혼 후
처음이라며 결혼기념일 사연을 보내옵니다.

남편에게 '자랑스러운 가장상' 표창을 하고, 서로 발을
씻겨주고 발마사지를 해주고, 아내가 기분이 안 좋을 땐,
개다리 춤을 추어서라도 상대의 웃음을 꺼내고야마는 닭
털 부부들의 이야기가 점점 많아집니다.

사랑하지만 표현하는 방법을 모르던 사람들이 남들의
사랑법에 자극받아 닭털 부부로 재탄생한 것일까? 아니면
쑥스러워 감추고 있던 닭털 부부의 기본기를 유감없이 보
여줄 최적의 공간을 찾은 것일까?

"부족하고 보잘 것없는 나와 살아줘서, 우리 두 아들 잘
키워줘서 정말 고맙고 앞으로도 우리 잘 살자. 자기야, 이몸
이 재가 될 때까지 영원히 사랑한다"(s씨 사연) "남편 생일에
추억이 될 수 있는 선물로 원더걸스의 '노바디'춤 연습하고
있어요"(k씨 사연)

오늘도 어딘가에서 또 퍼덕이며 닭털을 날리고 있을 부
부들.이들이 날리는 닭털 때문에 차마 눈 뜨고 볼 수 없는
아침이어도 저는 좋을 것 같습니다. 할 수만 있다면 날리는
닭털 하나 제 몸에도 붙여보고 싶습니다.

작은 마을에
산다는 것

저희 동네에 드디어 슈퍼마켓이 들어섰습니다.

번화가에서는 편의점 정도의 규모이지만

저희 동네는 이 가게의 오픈 소식으로 떠들썩했고,

아직 준비가 덜 된 가게에 구경을 가기도 했었답니다.

이제 집근처에서 두부도 팔고 수박도 판답니다. 야호!

집 앞에서 과일 같은 것 좀 팔았으면 좋겠다고 생각했었는데. 동네에 워낙 뭘 살 곳이 없어서 집에 처음 놀러오는 사람들도 어리둥절한 표정에 빈손으로 온답니다.

"어머, 여긴 뭐 빵집도 없고, 과일가게도 없고……. 아무것도 없어서……."

이러면서요.

그 슈퍼마켓이 문을 열면 단무지도 팔겠죠?

딸아이 소풍가는 걸 뒤늦게 알고 밤중에 김밥 재료 사느라 차타고 신도시의 번화가까지 가는 거 진짜 귀찮았는데.

저처럼 정신없는 직장인 엄마들을 위해 김밥 재료는 무조건 팔아야 한다고 봅니다!

작은 동네.

그래서 한 상점이 열리고 닫히는 것이 한눈에 들어오는 동네. 약국, 병원, 빵집, 미용실……. 수요는 간절한 곳이지만 인구가 많지 않아서 장사 안 돼 문 닫고 떠나는 광경을 너무나 많이 봤기 때문에 일단 뭐가 들어온다 하면 반갑다가도 걱정이 돼요.

'잘 돼야 할 텐데…….'

엄청 기대했던 수영장, 찜질방도 겨우 두 해를 못 넘기고 문을 닫았고 빵집도, 꽃집도…….

그래서 동네에 있는 영화관이 문 닫을까봐 열심히 영화 보러 다니고, 얼마 전 뜬금없이 생긴 탁구장 상황이 궁금해 살짝 엿보기도 했죠.

손님이 얼마나 있나~ 하면서.

아무래도 조만간 제가 탁구를 배우러 다닐지도 모르겠어요^^ 하긴, 제가 열심히 수영을 다녔는데도 수영장은 문을 닫았죠. 흑흑.

아, 저 수퍼마켓 오픈에 관심이 쏠리는 사이

우리 동네 하나뿐인 구멍가게 걱정을 잊었네요.

동네 주민 할아버지가 하시는 가게인데 할아버지와 우리 딸아이의 우정이 눈물겹답니다.

딸이 하굣길에 꼭 '아저씨'라고 부르며 인사하는 분이에요.

왜 할아버지라고 안 부르냐고 물으면, "저 할아버지는 아저씨라고 불리는 걸 더 좋아해"라네요.

　가게 주인 할아버지가 병원에 입원하시는 바람에 며칠 문을 닫았을 때 아이가 어찌나 걱정을 많이 했는데요.

　할아버지 퇴원하고 다시 문을 연 날, 뛰어가서 할아버지 품에 안기더라고요. 가을엔 도토리를 한가득 주워서 '아저씨'할아버지에게 갖다 바쳤죠. 할아버지는 도토리묵을 만들 줄 안다고.

　그러니 딸과 할아버지와의 우정을 생각해서 단무지, 두부, 과일 외에는 할아버지의 구멍가게를 이용해야겠어요.

　요즘 집 바로 옆에 있는 논밭에서 농사지으시는 아주머니가 저녁마다 직접 기른 각종 채소랑 곡식들을 가지고 나오시면 그때마다 사먹고, 꼭 필요한 건 생협에 주문해서 먹고, 텃밭 가꾸는 이웃들이 감자, 상추, 고추 등을 푸짐하게 나눠 주어서 요즘엔 대형마트 가는 일이 거의 없을 정도에요.

　무엇이든 점점 기업형, 대형화 되어가는 추세에 많은 영세한 가게들이 힘들어 하고 있다는 뉴스를 들으면서 서로의 삶을 걱정해주고 지지해주는 작은 마을들이 많아지면 좋겠다는 생각이 오늘 아침 문득 들었습니다.

소통은
존재의 본질이다

창조주는 왜 인간을 만드셨을까?

제가 아는 한 교수님은 창조주가 인간을 만든 이유를 '소통하고 싶어서가 아닐까'라고, 자신은 그렇게 믿고 있다는 얘기를 해준 적이 있습니다. 그러니 소통은 수단이 아니라 존재의 본질이고 그 자체로 목적이라는 것. 그 이야기가 저에게 적잖은 충격을 준 이유는, 저는 '하나님의 영광을 위하여'가 삶의 목적이라고 답하는 수많은 신앙인들을 숱하게 보아왔기 때문입니다. 그리고 그 영광을 위해 돌진하다가 좌절하고 실망하는 삶들을 하도 많이 봐온 탓이기도 하지요. 하지만 우리의 존재 본질과 탄생비밀이 소통이라면, 우리는 신과의 소통 그 자체로 삶의 목적을 수행하고 있는 것이 아닐까 하는 생각에 미치자 갑자기 날아갈 듯 가벼워지기 시작했습니다.

그래서 신과 이야기하는 우리의 기도는 그리도 소중한 것이지요. 기도와 열심을 통해 더 좋은 형편과 성취, 변화, 결과물,,결국 영광을 나타낼 그 무엇을 설사 이루지 못하였더라도 우리의 삶은 헛되지 않은 것이니 말입니다. 소통

을 무언가를 이루는 수단이 아니라 그 자체로 충분한 본질
이고 목적으로 본다면, 달리 보이는 것들은 굉장히 많습니
다. 우리가 이루고 있는 거의 모든 관계가 그렇습니다. 부부
관계에서 부부간의 소통이 본질이고 목적으로 자리매김되
면„돈을 많이 벌고 좋은 집을 마련하고 아이를 낳아 남부
럽지 않게 잘 키우고 괜찮은 직장에서 승진도 하고..하는 일
련의 영광들이 내 손에 덥석 쥐어지지 않더라도, 남편과 아
내, 두 사람의 생각과 뜻이 서로에게 잘 흘러들어가는 아름
다움으로 충분히 만족하는 부부들이 늘어날 겁니다. 자녀
들의 입신양명 보다 자녀와의 막힘없는 소통을 더 중요하
게 생각하는 부모들이 많아질 것이고요. 목표를 이루기 위
한 수단으로서의 인맥관리나 조직관리가 아니라 서로의 존
재를 받아들이는 소통의 본질에 관심을 기울이는 모임들
이 늘어날 겁니다.

　제가 한 대학에서 가르치는 말하기 수업은 학생들의 관
심이 높은 편인데, 그 이유 중 하나가 말하기능력이 성공적
인 사회생활을 이루는 중요한 수단이라는 생각을 학생들
이 하기 때문입니다. 프레젠테이션이나 기업면접처럼 발등
에 떨어진 불을 꺼야할 필요성도 있을 테죠. 기업들도 캐치
프레이즈로 소통을 내건 마당에 더 이상 소통을 본질로서
가 아닌 수단으로서 보게 되는 요즘인 것은 사실입니다. 하
지만 소통이 막힘없이 통하게 하는 것이고 그러기 위해서
는 존재를 받아들이는 과정이 필요하다면, 생각해보죠. 세
상사는 이 다양한 사람들의 욕구와 생각과 의견들을 잘 흘

러가게 하고 받아들이고 조율하는 것은 얼마나 힘겨운 일
인지요. 내가 아무리 360도를 재빠르게 돈다고 해도 내가
보지 못하는 내 등 뒤가 있다는 것을 인정하는 것이 기본
적인 소통의 자세라는 것을 저는 학생들에게 꼭 이야기해
줍니다. 그래서 모든 존재들과 그들의 이야기에 최대한 귀
기울여야한다는 것을.

사실 학생들과 토론수업을 하거나, 회사에서 개편회의를
하거나, 사회의 어떤 이슈나 정책에 대한 의견수렴과정을
지켜보면서, 좀처럼 합일되지 않는 지지부진한 논의의 과
정을 인내하는 것이 어쩌면 소통이구나 싶을 때가 있습니
다. 그러니 목표를 이루기 위한 일사불란한 소통을 기대하
기 보다는 때로는 좀 더딘 소통의 과정을 지긋하게 인내하
는 것이 소통의 본질에 더 가까운 접근이 아닐까하는 생각
을 합니다.

미처 하지 못한 말들은
이렇게

퇴근이 늦어서 가족 모두 잠들었을 즈음 집에 들어오면
식탁 위에 딸아이의 메모가 놓여 있을 때가 많아요.
숙제 검사를 해 달라는 이야기
확인 서명을 해 놓으라는 이야기
가정통신문에 엄마 의견이 필요하다는 이야기
어제는 안경통을 망가뜨렸다는 이야기도 써놨더군요.
제가 어릴 땐 쑥스러워서 잘 못했던
'사랑해~'라는 말도 꼭 붙이고
잘 자라는 말이나, 건강하시라는 말까지 붙이는 날에는
한 장 메모에 가슴이 아릿해지기도 해요.

간혹 저랑 같이 자는 날에는 꼭 끝말잇기를 하고,
아이엠 그라운드 과일이름 대기 게임까지 해야
절 잘 수 있게 해줘요^^

오늘 그거 다 하기로 약속했는데
제가 잠깐 다른 일을 하는 사이 먼저 스르르 잠들었네요.

오늘은 엄마가 먼저 메모를 남겨줘야겠어요.

사 랑 한 다 ,   사 랑 한 다 ,   사 랑 한 다 .

눈빛이 조금도
흔들리지 않았거든요

〈지선아, 사랑해〉라는 책으로 잘 알려진 이지선 씨.
대학생 시절 불의의 교통사고로
몸의 55%에 3도 화상을 입은 채 기적적으로 살아났다고
하죠. 그녀의 이야기를 알고는 있었는데,
며칠 전 한 방송 프로그램에서 그녀의 이야기를 직접 듣고
눈물이 왈칵, 심장이 뻐근~해지는 경험을 했습니다.
'자신의 모습에 절망하지 않을 수 있었던 이유'에 대한
그녀의 대답은 이랬습니다.
"사고 후 제 얼굴을 본 엄마의 눈빛이 흔들리지 않았어요."

사고 전이나 사고 후나 자신을 바라보는 엄마의 눈빛이
여전했다는 것. 화상으로 일그러진 딸의 얼굴을 바라보는
엄마의 눈빛이 조금도 흔들리지 않아서,
그녀는 '내가 사고전과 마찬가지로 여전히 괜찮은 사람
이구나.' 했다는 겁니다.
한 존재를 향한 흔들리지 않는 눈빛이, 얼마나 그 존재에
게 안정감을 주고 존엄감을 부여하는 것인지.
지선 씨의 말이 며칠 동안 귓가에 맴도는데 갑자기 떠오

르는 또 하나의 장면.

동기모임에서 최근에 갑상선암 판정을 받고 수술을 받은
한 친구가 그러더라고요.

암 판정을 받고 집에 누워 있는데, 부인이 빨래를 개라고
하더래요. 자기는 암환자니까 부인이 이제 그런 거 안 시킬
줄 알았대요.

"나 환자잖아"라고 해도 듣는 둥 마는 둥.

봐주는 것 없이 산더미 같은 빨래더미를 자기 앞으로 밀
어주더라나?

근데 이상하고 묘한 게, 그렇게 기분이 좋더래요.

부인이 진짜 대단해 보이더래요.

마음이 푹 놓이더래요.

그러고 보니, 왜 흔히 그런 경우 있잖아요.

아이가 가다가 넘어졌는데 멀뚱멀뚱 엎어져 있다가

괜찮냐며 호들갑 떠는 부모를 보는 순간 막 우는 거요.

그럴 때 오히려 부모가 아무 일 아니라는 듯 바라봐주면

아이도 아무 일 아니라는 듯 스스로 일어나 손을 탁탁
털 텐데. 엄청난 일이 내 앞에 쿵 떨어졌을 때 나도 변함없
이 흔들리지 않는 눈빛을 보일 수 있을까.

그런 생각이 들었습니다.

나는 목소리도 금방 떨리고 눈은 그렁그렁해서

배가 폭풍우를 만난 듯 출렁일 텐데……

일요일이 가는 소리

일요일. 누구는 게을러져도 좋을 시간이라고 생각하고, 누구는 맞벌이 부부가 제대로 청소할 수 있는 절호의 시간은 이 날뿐이라고 생각하지요.

누구는 부모와 나들이 갈 유일한 시간이라고 생각하는데 누구는 교회에서 온 하루를 보내야 하는 날이라고 합니다.

누구는 가족이 함께 해야 하는 시간이라고 생각하는데 한 주의 피로를 낮잠으로 풀어야 하는 시간이라고 철썩 같이 믿는 사람들도 있습니다.

그러니, 가족끼리의 다툼이 많아지는 날이 다름 아닌 가족끼리 오랜만에 한데 모인 일요일이 되는 경우가 허다하죠. 저마다 자기가 하고 싶은 일을 하면 그만일 텐데도 일요일은 뭔가 같이 했다는 뿌듯한 동질감과 공동체의식을 느끼고 싶어 하는 거죠. 아, 이럴 경우 참 어려워집니다.

감기몸살에 시달린 지난 주말. 저는 결국 낮잠 자면서 피로를 푸는 것이 최고라는 결론에 이르게 되지요. 평소 주말이면 게으르게 지내고 싶어 하던 남편이 제일 먼저 반가와하더군요.

주말을 화목하게 보내는 제 1의 법칙은 일주일을 보내고 난 부부의 체력이 비등해야 한다는 것. 누구는 놀러나가고 싶을 만큼 에너지 충만한데 다른 한 사람은 쉬고 싶을 만큼 딸리는 체력이라면 이거, 이거, 어렵습니다.

제 2의 법칙은 아이들과 부모의 체력이 비등해야 한다는 거죠. 아이들 체력을 당최 따라갈 수가 없습니다. 어쩜 이리도 '에너지 충만'인지. 이럴 때는 밖에서 친구들이랑 한참을 놀려야 합니다. 그래서 놀다 지쳐 들어온 아이가 스르르 낮잠이 들게 만들어야 합니다. 여기까지 성공~!!!

그리하여 일요일 오후, 김 아나의 가족은 모두 3시간 함께 낮잠을 자는 공동체 의식을 발휘했습니다. 아무도 깨우지 않았는데도 3시간이 지나니 한 사람씩 일어납니다. 우리에게 필요한 시간도 비슷했던 모양입니다. 뭘 함께 했는지는 모르겠지만 아무튼 뭔가 함께 했다는 뿌듯함마저 느끼면서 순해진 양처럼 "아! 개운하다. 잘 잤지? 배고프네."

기지개를 펴고 먹이를 찾는 일요일 오후. 한 공간에서 우리가 모두 통나무처럼 뻗어 늘어지게 한숨 잤다는 벅찬 동질감은 나들이하고 돌아온 가족 못지않습니다.

<h1 style="text-align:center">우 리 들 의 가 을</h1>

비가 많이 내리던 여름의 끝을 지나 눈이 시릴 만큼 파란 하늘이 가을 느낌으로 왔을 때, 우리는 '내가 찾은 가을' 이야기를 나누었죠.

가을 점퍼 물량이 대량으로 들어와 지퍼 다는 아주머니들의 손길이 바빠졌다는 얘기를 했고

생후 47일된 아기 얼굴에 땀띠가 사라지고 하얗고 뽀얗게 되었다며 아기엄마는 좋아했었지요. 병원에 계시는 아버지가 환절기마다 한 번씩 보이시는 발작 증세가 어김없이 가을 문턱에서 나타났다는 사연. 봉숭아가 스러지고 그 옆에 구절초가 피었다는 문자. 날씨가 선선해지면서 손님이 좀 든다는 이불가게, 여름 내내 돌아가느라 제대로 볼 수 없었던 선풍기 날개가 이제야 보인다며, 멈춰선 선풍기 날개가 눈에 들어온 아침이라고도 하셨죠. 가을 운동회 준비한다고 확성기 소리 들려오는 초등학교, 운동회 연습하느라 밤마다 다리 아프다고 칭얼대는 아이들 소리도 우리가 찾아낸 가을의 다른 이름입니다.

내가 찾은 가을, 그대가 찾은 가을, 모두 모으니, 단풍놀이 한번 안가도 우리의 가을은 이렇게 풍성하네요.

여기저기서 곁에 있는 가을을 찾아내는 바지런한 청취자들 덕분에

단풍놀이 안 가도 가을구경은 다 한 것 같아요.

짠 ~ 하 네 요

엄마가 퇴근하기를 기다리다가 언니 귀를 만지며 잠든 아이, 넘어가지 않는 밥을 억지로 한 숟가락 넘기고 엄마 걱정할까봐 웃으면서 수능 시험장으로 들어간 고3 딸, 새벽에 순찰 돌아야 한다고 지친 몸을 일으켜 옷을 갈아입는 남편의 뒷모습, 아침에 베란다 창문에서 잘 다녀오라고 손 흔들어 주는 일곱살 아들의 모습이 오늘따라 짠~하다는 싱글파파.

오늘 방송에서 이야기 나눈 주제는 '측은지심'이었어요.
누구를 원망하지도, 불평하지도 않고 묵묵히 자신의 상황을 받아들이며 사는 이들의 모습은 왜 이렇게 우리를 짠하게 만드는 걸까요?

결혼 21년차, 여행 가서 맞이한 아내의 생일에 보라색 벌개미취 몇 송이를 선물이라며 건넨 남편.
'이 사람이 이럴 줄도 아는구나!'하는 생각에 웃음이 나면서도 그간 천하무적처럼 살아온 남편을 생각하니 짠~했다는 아내. 남편에게 '요즘 뭘 보면 짠해?' 하고 물었더니,
"요즘은 뭐 짠한 느낌을 가질 여유가 없어"라고 대답하는

남편이 더 짠해 보이더라는 분도 계셨지요.

아프리카에서 2년 동안 봉사활동을 하다가 잠시 귀국하신 아버지. 현지인처럼 까맣게 탄 얼굴에 벨트의 구멍도 두 개나 줄어서 짠하다는 딸의 사연을 듣다보니, 다시 궁금해집니다.

그녀의 아버지는 대체 어떤 짠한 모습을 보셨기에, 어디서 측은지심을 느꼈기에 그 먼 땅, 아프리카에 가서 봉사활동을 시작하신 걸까요?

남들 눈에 그저 스쳐지나간 어떤 모습이
유난히 마음에 걸리고 안쓰러우면,
그건 내 손길이 필요하다는 의미심장한 힌트라며
아프리카행을 결심하신 걸까요?

날이 쌀쌀해서일까요? 짠하고 안쓰러운 마음에
한 번 더 돌아보고, 한 번 더 쓰다듬게 되는 날입니다.

직 장 맘

큰아들이 초등학교에 입학했을 때,
상기된 얼굴로 제게 고백한 것이 있습니다.

"엄마, 나는 모든 엄마들이 다 직장에 다니는 줄 알았어요!"

첫째가 입학했던 학교에서는 학부모가 점심 배식을 도왔
었어요. 매번 배식을 하러 오는 친구의 엄마들을 보면서
"왜 엄마는 한 번도 오지 않아요"라며 입을 내미는 아들
에게 직장에 다니는 엄마의 사정을 말하며 설득시키는 중
에 한 말이지요.

그 뒤로는 하고 싶은 이야기가 있어도 모두 꿀꺽, 꿀꺽
넘기며 직장 다니는 엄마의 사정을 이해하려 애썼던 아이
의 모습이 기억나네요. 아무리 엄마의 사정이 그래도 아이
는 아이 나름대로의 사정이 있는 법.
둘째는 첫째보다는 조금 더 노골적으로 직장 다니는 엄
마에게 태클을 걸어오곤 했지요.
"엄마, 그 일 좀 끊으면 안돼요?"

"엄마, 하루 휴가 내면 안돼요?"

"난 엄마가 부엌에 있는 게 제일 좋아요."

심지어는 제가 화장실에 들어간 사이

화장실 문 앞에 양반다리를 하고 앉아 기다리면서

"엄마, 나는 엄마가 화장실에 있으면 마음이 편해요. 어디 안 가고 거기 있는 게 좋아요."

이런 희한한 말까지 해주더라고요.

바깥에 나가면 일하는 엄마가 자랑스럽다고 얘기하기도 하지만 아이에게 그 자랑스러움은 '엄마의 부재'를 버티고 살아갈 수 있게 하는 힘이기도 해서 그런 모습을 볼 때면 울컥, 하기도 합니다.

아이로서는 학교 끝나고 돌아왔을 때 엄마의 온기가 가득한 집이 가장 좋은 것이고

비 오는 날 우산이 없을 때, 학교 정문 앞에 서 있는 수많은 학부모의 얼굴 중에서

우리 엄마 얼굴을 찾는 것이 참 반가운 일일 텐데 말이죠.

옆에서 도와주는 사람이 없었다면 절대 혼자 앞가림을 못했을 부족한 직장맘 김 아나에게 좋은 이웃집 엄마들이 있다는 건 하늘의 축복입니다.

버스 타는 것에 익숙하지 않은 1학년 때, 저 대신 6개월 동안 등교를 도와준 엄마들. 변동이 잦은 하교 시간에 맞춰서 아이의 하교를 도와준 엄마들. 미처 준비하지 못한 준비

물을 챙겨준 손길들.

직장 다니는 엄마의 빈구석을 아무것도 아닌 듯 조용히, 수시로 메워주면서도 그것이 얼마나 위대하고 고마운 일인지 모르는 진짜 위대한 이웃집 엄마들!

현진이, 다원이, 다연이, 현빈이 엄마에게 감사 인사를 전합니다.

구구단을
외우던 시절

이이는 누렁니

칠칠은 뺑끼칠

팔팔은 곰배팔

구구는 닭모시

어느새 ***을 다 외웠네

-김용택 〈구구셈〉

오늘의 퀴즈, 이 동시의 제목이자 ***,에 들어갈 단어는?
정답은 구구셈.

초등학교 2학년 때 화장실에서 30분 만에 외워서 산수
박사로 등극했다던 한 청취자는 어깨를 으쓱 하셨지요. 반
면 밤새 외워도 못 외워 손바닥 많이 맞고, 심지어 교장실
에 들어가 외웠다는 분도 계셨고요. 그 중 구구단 못 외워
나머지 공부 많이 했던 분은 지금 구구단 외우는 어린 딸
앞에서 엄청 잘난 척 하는 엄마가 되셨답니다.

"3×1=운동 6×3=빌딩"엉터리 구구단 외우던 친구 생각이 나기도 합니다. 숨도 안 쉬고 9단까지 속사포로 외우던 친구나 거꾸로도 술술 외우던 친구, 문제를 듣자마자 재깍 답을 내는 친구는 엄청난 부러움을 샀었지요. 6×7=? 하고 물으면 6단을 처음부터 다 읊어서 대답하곤 했던 저로서는……. 그러다가 무심코 6×7을 지나쳐 6×8까지 가면 6단 처음부터 다시 읊어야하는 낭패를 보기도 했었는데……. 요즘 아이들은 19단까지 외운다면서요?

3962님은 구구단 외우던 시절로 돌아가고 싶답니다. 그때가 좋았다고. 지금은 자신에 대한 실망과 상심의 나날을 보내고 있다면서. 하지만 그때야 말로, 우리가 구구단 외우던 그 때야 말로, 실망과 상심이 가득한 나날들 아니었나요?

'내가 혹시 바보가 아닐까?' 처음 의심하던 때가 그때였습니다. '왜 난 못 외우는 걸까? 어제는 다 외웠었는데 오늘은 왜 또 틀리는 걸까?'하며 자신에 대한 실망과 상심이야 어린 시절이라고 덜하지 않았습니다.

그래도 포기하지 않고 외운 덕에 우리는 물건 개수도 쉽게 셀 수 있게 되었으며, 더 어려운 문제도 풀 수 있게 되었고, 무엇보다 10살 딸 앞에서 잘난 척 하는 40살 엄마가 되어있는 것이겠지요.

실망과 상심의 나날들. 그건 아마도 일이든, 학업이든, 사랑이든, 구구단이든, 새로운 것에 도전하는 사람들만이 가질 수 있는 위험이자 특권 아닐까요. 잘 견디고 이겨내면 우리는 더 어려운 문제도 잘 풀어낼 수 있을 겁니다.

결혼이라는
베이스캠프

"당신의 예전 웃는 모습을 보고 싶습니다.

아니 내가 그렇게 웃도록, 당신의 그 예쁜 얼굴에 다시 웃음이 자리 잡도록 만들겠습니다.

살면서 많은 대화를 하지 못했습니다.

살면서 많이 표현하지 못했습니다.

살면서 많이 안아주지 못했습니다.

그래서 더 후회가 됩니다.

그래서 더 아픕니다.

더 이상 후회하지 않도록 이제는 내가 더 많이 사랑할 것입니다.

당신은 그렇게 옆에 있기만 하면 됩니다.

한 번도 제대로 표현 못했던 말, 이렇게 온 세상에 말하고 싶습니다.

당신을 사랑합니다. 나 자신 모습보다 더……"

아침 7시 15분에, 아내가 차에서 내리기 전까지

꼭 읽어달라며 올라온 K씨의 사연.

사연을 소개하고 나니 '그 사연 보낸 청취자 참 낭만적이
시네요'하는 반응들이 많았습니다.

위의 내용만 딱 떼어서 소개했기에 그럴 수 있겠다는 생
각이 들었어요.
일부만 읽기를 잘했다 싶은 생각도 들었죠.
이 부부만이 가진 이야기를 모든 사람들이 알 필요는 없
으니까요.

어느 날 아내가 남편에게 말했답니다.
"나는 더 이상 당신을 사랑하지 않아요"라고.
남편의 '덜컹'하고 심장 떨어지는 소리에 제 귀에도 들리
는 것 같았습니다..

"제가 좀 그랬습니다. 아니 제가 좀 많이 그랬습니다.
아내에게 모든 가장의 일을 맡기고... 나 하고픈 대로...설
계가 원래 가정을 버리는 일이라는 핑계로 그렇게... 그녀가
많이 힘들때...함께 해주지 못했습니다. 더욱이 언제 받을지
모르는 학위를 핑계로, 그녀와 아이를 두고 미국까지 다녀
온 저 입니다. 몰랐습니다. 그렇게 그녀가 생각하고 있는 줄
을... 어떻게 해야 할지 잘 모르겠습니다".

소개된 내용 앞에 적혀 있었던 이 부부의 현실적인 이야
기를 저는 다 알고 있으니……. 읽는 내내 마음이 아프고
가슴이 조마조마해서 혼났네요.

얼마 전 읽은 스캇 펙의 〈아직도 가야할 길〉에 보면 이런 구절이 있습니다.

부부를 다룰 때 결혼은 산을 오르기 위한 베이스캠프에 비유된다.

등산을 원하는 사람에게는 반드시 좋은 베이스캠프가 필요하다.

그곳에서 머물고 양식을 공급받고 다시 정상을 찾아 모험에 나서기 전에 몸을 돌보고 쉬어야 한다.

등산에 성공하는 사람들은 적어도 실제로 산에 오르는 시간만큼 베이스캠프에서 이것저것 살피며 마음을 써야 한다. 그들의 생존은 견고하고 잘 정비된 베이스캠프에 달려 있기 때문이다.

결혼에 있어서 공통적으로 남편이 만드는 전통적인 남성의 문제가 있다. 일단 결혼하면 남편은 모든 에너지를 산을 올라가는 데 쓰고 베이스캠프인 결혼은 전혀 돌보지 않는다.

또한 아무 때나 휴식과 기분전환을 위해서

돌아왔을 때—자기는 결혼 유지를 위해 아무런 책임을 떠맡지 않으면서도—그것이

완벽한 상태로 거기에 있기를 바란다.

그가 돌아와서 발견하게 되는 것은,

잘 보살피지 않아 황폐해진 베이스캠프거나

소홀히 대했던 아내가 신경과민으로 병원에 입원했거나 다른 남자를 만나 도망갔거나 또는 어떤 식으로든

지 캠프 지킴이로서의 직책을 거부하는 상황이 되어버렸다는 사실이다.

이와 마찬가지로 공통적으로 아내가 만드는 전통적인 여성의 문제가 있다. 일단 결혼하면 일생의 목적을 이루었다고 느끼는 여성이 있다. 그녀에게 결혼이란 베이스캠프가 아니라, 산 정상 그 자체다. 그녀는 남편의 성취욕이나 갈망, 가정생활 밖의 경험 등을 제대로 이해하거나 공감하지 못한다.

그래서 남편을 질투하고 가정에 더 많은 에너지를 쏟으라고 끊임없이 닦달한다.

진정한 결혼은 공동 협조 체제로서

상호간의 협조와 배려, 시간과 에너지를 필요로 하며, 영적 성장의 정상을 향한 여정에 들어선 서로에게 힘이 되기 위해 존재한다.

남성과 여성 둘 다 가정을 돌봐야 하고 둘 다 각자의 생에 도전해나가야 하는 것이다

함께 오를 산뿐만 아니라, 각자 자기가 오를 산이 어떤지 점검하는 일, 그리고 우리의 베이스캠프가 황폐해지지 않도록 하는 일이 필요합니다.

만약 누군가 먼저 자신의 원했던 산 정상에 다다랐다면, 그 자리에 오를 수 있게 자기를 도와준 가정(베이스캠프)으로 돌아와 가족의 구성원들이 각자 자신의 산 정상에 오르도록 돕기를 그 기회를 꼭 얻기 바랍니다.

우주를 품은 한 알의 밀

내일

어 제 보 다 더 나 아 지 세 요

멕시코 사람들은 "좋은 하루 보내세요"라는 말 대신, "언제나 더 나아지세요"라고 인사한다지요. 저도 이 인사말이 참 마음에 들어요. "언제나 더 나아지세요~"

남과 비교해서 더 나은 게 아니라 그제의 나, 어제의 나에 비해 조금 나아지는 겁니다. 그제보다 어제가 낫고, 어제보다 오늘의 나가 더 나은 모습이길 바라는 거죠. 엄청나게 많이 나아지면 좋겠지만 손톱만큼, 티끌만큼 작은 진보도 괜찮습니다. 제가 몸이 많이 아팠을 때 저의 모토는 '티끌만큼 나아져서 태산 같이 건강해지자' 였거든요.

〈오늘 하루도 당신 거예요〉가 아니었다면 아마 '어제보다 조금 더 나아지세요'가 제 프로그램의 끝인사가 되지 않았을까 하는 생각을 합니다.

오늘 하루, 어제보다 더 나아지세요~

인 연

개편 첫 날이었던 어제 받은 문자에요. 누가 보낸 걸까요?

바로 새로운 식구 효진PD의 어머니께서 보내신 거랍니다. 사실 방송 중에 이 문자를 받고 '내가 언제 3077님의 따님을 도와줬었나?'하고 생각하다가, 응원메시지를 소개한 적이 있었겠거니, 했습니다.

방송 끝나고 다 같이 아침밥을 먹는데 효진PD가 이야기하더군요.

"아까, 저희 엄마 문자 보셨어요?"

3077님의 '우리 딸'이 바로 효진PD였군요!

언젠가 제가, 인연에 대한 얘기를 했던가요?

작년 말, 탈이 나서 노래진 사람의 손을 따고, 주무르고 했던 일이 있었는데 그 사람이 바로 효진PD였다고..

방송 중에 오는 사연들을 보면 인연이라는 게 참 신기하구나, 싶을 때가 많습니다.

〈군대있을 때 힘들어하던 신병이 있었는데, 같은 고향 사람이고 동생처럼 느껴져서 잘 토닥여주었답니다. 제대하고 나중에 회사에 입사하니 그때 그 신병이 상사로 있더군요.〉

〈30년 전 세 들어 살던 주인집에 딸이 하나 있었어요. 얼마 전에 그 딸을 우연히 만났는데 형편이 어렵다는 이야기를 들었답니다. 그래서 제가 일하는 곳에 소개해주어 지금 같이 일하고 있어요.〉

〈초등학교 때 제가 살던 강원도로 전학 온 한 친구가 있었어요. 서로 잘 모르고 졸업했는데 열아홉 살에 우연히 서울 버스 정류장에서 마주쳤어요. 그는 지금 제 남편이 됐고, 우린 삼남매의 부모가 되었답니다. 강원도 산골 학교 동창을 서울에서 만날 줄이야~〉

언제 어떻게 어떤 모습으로 우리가 다시 만날 줄은 아무도 모르는 일이라는 생각이 들죠. 이쯤 되면 인연이란 정말 기묘하고, 오묘한 것이라는 생각이 들어요.

〈열아홉 살에 길에서 우연히 한 남자를 만났고, 사귀

게 되었어요. 하지만 잘 맞지 않는다는 생각에 헤어졌었는데, 3년이 지난 후 다시 길에서 우연히 만났고, 지금은 하늘이 맺어준 천생연분으로 믿고 같이 잘 살고 있답니다.〉

길 위에서 만나고 헤어지고 다시 만나고. 수천만 개의 길 중에서 그 사람을 만난 그 두 개의 길. 레드카펫만큼 설레고 실크로드만큼 역사적인 길이 되었겠네요.

〈배에서 하역 작업을 하다가 휴대전화를 잃어버렸는데, 3개월 후 제주도에서 찾았어요. 휴대전화를 습득해서 저에게 돌려주신 분과는 의형제처럼 연락하고 지내요. 일주일 전에 제주도에서 인천으로 놀러 와 재미있는 시간 보내고 내려갔어요. 이번 겨울에는 제가 제주도로 내려갑니다!〉

〈아파트 입구에서 자전거를 탄 아이가 갑자기 튀어나와서 교통사고를 냈습니다. 아이가 걱정되어 발을 동동 구르고 있는데, 아이의 부모는 오히려 저에게 미안하다고 하더라고요. 지금은 정말 친해져서 가족 같은 이웃사촌이 되었답니다.〉

악연을 인연으로 만들어가는 사람들도 있는 거 같죠?
그대들의 인연 이야기를 듣고 있자니 어디선가 불쑥 튀어나와 나와 인연이 되어줄 사람들을 기대하게 됩니다.

스치는 옷자락에서 좋은 향기 나는 사람들~^^

달 인

3년의 주말 부부 생활을 청산한 기념으로 5주간 남편과 아이들은 여행을 떠났습니다. 집중적인 함께 시간보내기 프로젝트에 임하고 있는 중이죠. 평소 뭉텅이 시간을 못 내는 저로서는 덕분에 고요하고 유유자적한 혼자만의 시간을 선물 받았습니다.

저는 이 선물을 3년 중 2년의 시간을 주말마다 남편을 위한 밑반찬 만들기에 여념 없었던 그동안의 노력에 대한 남편의 답례, 그리고 내 스스로에게 주는 상으로 생각하기로 했습니다.

그리고 그 모처럼의 시간을 되도록 나와 얽혀있는 많은 관계로부터 내 자신을 자발적으로 소외시키면서 최대한 단순하고 고요하게 보내기로 선택했지요. 퇴근해 돌아와 혼자 집안과 동네를 어슬렁거리며 보내는 시간이 대부분이었던 한 달. 이런 저런 관계가 요구하고 요청하는 것들에 반응하느라 정작 자신을 돌아볼 시간이 없었던 저에겐 더없이 귀한 시간이 되었습니다.

그럼 그들은 한 달 간 어떻게 살고 있는 걸까? 지난 주말에 잠깐 가봤더니, 아들은 세제와 섬유유연제의 양을 적당히 조절하고, 세탁기에서 빨래를 꺼내 톡톡 털어 널어놓을 줄 아는 '세탁기 돌리기의 달인'이 되어있었었고, 딸아이는 널린 빨래를 곱게 접어 정리해 놓는 '빨래 개기'의 달인이 되어 있었습니다.

뿐만 아니라 아들은 '물걸레질하기'의 달인, 딸아이는 '청소기 돌리기'의 달인, 이 두 아이들 모두 아침에는 '콘프레이크 먹기의 달인', 저녁에는 '라면 먹기'의 달인, 게다가 자기가 사용한 그릇은 자기가 설거지하는 '자발적 설거지 달인'이 되어 있었지요.

그리고 남편은 아이들로 하여금 이 모든 것을 가능하게 하는 달인이 되어있었습니다. 푸하하. 역시 가끔 아내/엄마가 자리를 비워야 남편과 아이들이 유능해지는군요.

아 이 들 은 씨 앗 이 에 요

아이들은 씨앗이에요.
상상할 수 없이 커다란 세계를 담고 있는 씨앗,
엄청난 에너지와 잠재력을 품은 씨앗.

싹을 틔우고 예쁜 꽃과 탐스러운 열매를 맺을 수 있도록
부모님이 좋은 흙이 되어주세요.

우 리 아 이 들 , 오 늘 보 여 준 능 력 보 다 는
내 일 빛 날 잠 재 력 을 칭 찬 해 주 세 요

사 랑 일 지 도 모 른 다 고
멈 춘 그 대 에 게

방송에서 소개된 사연 중에서
그저 스쳐지나갈 수도 있었는데,
사랑일지 모른다고 걸음을 멈춰준 그에게
운명처럼 절묘한 타이밍에 나타나주어서 고맙다고
전해달라는 내용이 있었습니다.

사랑일지도 모른다고 멈추는 절묘한 타이밍,
그 순간이 바로 '기적'이죠.
우리는 다들 이렇게 만나고,
인연이 되고, 사랑을 시작하는 건가 봐요.

우리들이 만난 건 모두 기적 같은 찰나가 있었기 때문이에요

삶에 참 감사합니다
gracias a la vida

오늘 방송에서 Mercedes Sosa의 'Gracias a la vida'를
들으면서 가사를 쭉 읽어 내려가는데 심장이 뜨끈해집니다.

〈Mercedes Sosa-Gracias a la vida〉
내게 그토록 많은 것을 준 삶에 감사합니다
삶은 눈을 뜨면 흑과 백을 완벽하게 구별할 수 있는
두 샛별을 내게 주었습니다
그리고 높은 하늘에는 빛나는 별을,
많은 사람들 중에는 내 사랑하는 이를 주었습니다
내게 그토록 많은 것을 준 삶에 감사합니다
삶은 밤과 낮에 귀뚜라미와 카나리아 소리를 들려주고
망치 소리, 터빈 소리, 개 짖는 소리, 빗소리
그리고 내가 가장 사랑하는 이의 그토록 부드러운 목
소리를 녹음해 넣을 수 있는 넓은 귀도 주었답니다
내게 그토록 많은 것을 준 삶에 감사합니다
삶은 생각하고 그 생각을 주장할 수 있는 언어와
소리와 알파벳을 선사하고
어머니와 친구와 형제들 그리고 내가 사랑하는 이의

영혼의 길을 밝혀주는 빛도 주었고요

내게 그토록 많은 것을 준 삶에 감사합니다

삶은 피곤한 발로 진군할 수 있게 해주었습니다

나는 그 피곤한 발을 이끌고 도시와 늪지

해변과 사막, 산과 평야

당신의 집과 거리, 그리고 당신의 정원을 거닐었습니다

내게 그토록 많은 것을 준 삶에 감사합니다

인간의 정신이 열매를 거두는 것을 볼 때

악에서 멀리 떠난 선함을 볼 때

그리고 당신의 맑은 눈의 깊은 곳을 응시할 때

삶은 내게 그 틀을 뒤흔드는 마음을 선사했습니다

내게 그토록 많은 것을 준 삶에 감사합니다

삶은 내게 웃음과 눈물을 주어 슬픔과 행복을 구별할

수 있게 해주었습니다. 그 슬픔과 행복은 내 노래와 당

신들의 노래를 이루었습니다. 이 노래가 바로 그것입니

다. 그것은 우리 모두의 노래입니다. 모든 노래가 그러

하듯 내게 그토록 많은 것을 준 삶에 감사합니다

특히 몇 번을 다시 읽어도 심장이 뜨거워지고, 주책없이 울컥하게 되는 부분이 있어요.

〈인간의 정신이 열매를 거두는 것을 볼 때,

악에서 멀리 떠난 선함을 볼 때,

그리고 당신의 맑은 눈의 깊은 곳을 응시할 때,

삶은 내게 그 틀을 뒤흔드는 마음을 선사했습니다〉

이 노래를 부른 메르세데스 소사는 아르헨티나 민중의 어머니로 일컬어집니다. 삶은 그녀에게 그 틀을 뒤흔드는 마음을 선사한 게 분명합니다.

모든 사람에게 먹을 식량이 있고 입을 옷이 있고 살 집이 있고, 모든 사람들이 자신의 일에 자부심을 느끼며 일할 수 있는 세상이 자신이 꿈꾸는 유토피아라고 말했던 그녀는 국민들에게 의식주마저 보장하지 못한 정부를 비판했고 쿠데타로 정권을 장악한 군부독재의 시퍼런 총칼에 당당히 맞섰고 자신을 버린 나라를 위해 노래했습니다.

이럴 수 있었던 것은 삶이 그녀에게 그 틀을 뒤흔드는 마음을 선사했기 때문입니다.

그 틀이란 가장 먼저는 이제까지 살아온 자신의 삶의 방식이었겠지요.

그리고 그 마음은 무언가를 보았을 때 찾아왔습니다.

인간의 정신이 열매를 거두는 것을 보고, 선함을 보고, 맑은 눈을 응시했을 때. 무엇을 보았는가는 그래서 참 중요합니다.

물질이 거두는 열매가 유난히 눈에 잘 들어오고 너무 맑은 눈동자는 부담스러워 외면하게 되고, 그러면서 점점 더 삶의 틀은 더욱 굳어지고 좀처럼 뒤흔들리지 않습니다. 제 얘기입니다. 그게 갑자기 슬퍼졌습니다.

이 슬픔도 삶이 준 것이려니 생각하며

다시 삶에 감사합니다.

어디서건 여행자가 되죠

낯선 곳을 여행하면서 마주치는 풍경은 물론, 그곳에서 맞이하는 아침과 밤, 새로운 음식, 만나는 사람들은 모두 신기합니다. 그곳 사람들에게는 평범하기 이를 데 없는 생활이겠지만, 여행객에게는 카메라 셔터를 눌러 기록해두고 싶을 만큼 아깝고 사랑스러운 곳이잖아요. '여행객', '나그네'라는 이름이 주는 묘한 설렘 때문일까요?

내 주위 사람들, 풍경, 계절 등 신기하게 보기로 마음먹으면 그렇게 될 수 있을 거예요. 마치 낯선 곳을 구경하는 여행객처럼, 한 발자국 서 바라본다면!

모든 걸 신기하고 사랑스럽게 여기기로 마음먹으면

우리는 어디서든 여행자가 되죠.

그래 그렇게 노래를 부르자

"오늘 월급날인데 회사에서 며칠 더 기다리래요. 그래서 인지 오늘 아침 울 마눌님이 통 말이 없어요. 회사 가서 확 얘기할까 봐요. 왜 우리 마누라 속상하게 하냐고"

어떻게 됐을까요? 며칠 전 이런 문자를 내게 보냈던 그 사나이는….

"언니, 쌀은 다 떨어지고 신랑 월급은 두 달째 안 나오고, 너무 속상해요"

이 한 줄 사연을 보니 여기도 힘들기는 매한가지입니다.

혹시 70년대 가요 〈목로주점〉이라는 노래 아시나요?

월말이면 월급 타서 로프를 사고/ 연말이면 적금타서 낙타를 사자/ 그래 그렇게 산에 오르고/ 그래 그렇게 사막에 가자

70년대 가요 〈목로주점〉의 가사랍니다. 그 힘들었다던 석 유파동을 거친 시기가 70년대 아니던가요? 살기 팍팍하기

가 지금보다 더하면 더했지 덜하지 않았을 그 시기에 이런 가사의 노래를 불렀다니요. 월말이면 월급타서 쌀 사기 바쁘고, 연말이면 적금 타서 보일러 놓기 바빴을 사람들이 로프를 사고 낙타를 사겠다는 노래를 목청껏 부르던 시절. 그러면서 이들은 쌀이며 연탄 걱정을 이겨낸 걸까요?

그렇다면 우린 다시 노래를 불러야 하지 싶습니다. 여전히 월급 타서 로프를 사고 적금 타서 낙타를 사는 것이 꿈 같은 시절에, 쌀 떨어진 집, 월급 깎이고 밀린 사람들, 사는 게 눈물 나고 힘겨운 사람들이 해야 할 일은 노래를 부르는 일이 아닐까.

꿈과 희망 같은 것이 몽실몽실 피어나는 노래들, 팍팍한 현실을 잠깐이라도 철퍼덕 땅바닥에 내려놓을 수 있는 노래들. 힘내라는 말 대신 그런 노래를 함께 불러주고 싶었습니다.

봉숭아꽃

봉숭아꽃은 세 번 핀다고 수필가 이철환 씨가 그랬던가. 양지 바른 땅에서 한 번. 여자 아이의 조그만 손톱 위에서 한 번. 그리고 곱게 봉숭아 꽃물을 들인 여자아이를 바라보는 사내아이 마음속에서 다시 한 번.

오늘은 우리 딸의 손톱 위에 두 번째 봉숭아꽃을 피워줘야겠어요.

마음아 커져라

"계절과 시간을 존중하며 느긋하게~
오늘은 발걸음을 평소보다 늦춰봅니다"

흐리고 비는 오지만 마음속 해님이 '방긋'하는 날이 있
고, 날씨는 맑고 화창한데 마음속은 물먹은 솜처럼 축, 처
지는 날이 있죠.

지구가 아주 빠른 속도로 자전하는데도 어지럽지 않은
이유는, 지구의 크기가 아주 커다랗게 때문이래요. 그렇다
면, 큰 시련이 누군가를 덮쳐도 흔들리지 않으려면……. 마
음이 아주 크면 되는 건가요?

마음아, 마음아. 커져라, 커다래져라……

꽃 구 경   보 내 드 리 기

　　일요일 근무 중입니다. 편성국 저쪽 테이블에서는 저의
두 아이가 책을 읽고 있습니다. 엄마가 일하는데 함께 온
것이지요. 저의 집안일을 돌봐주시는 아주머니가 계신데,
아이들은 할머니라고 부릅니다. 사실, 할머니라고 부르기
민망하게 비교적 젊고 고운 분이십니다. 주중에 저희 집에
서 일하시고 토요일, 일요일에는 쉬시는데 제가 근무를 하
는 날에는 일을 해주시지요.

　　그런데 며칠 전 아주머니 친구가 윤중로 꽃구경을 가자
고 전화를 해오셨답니다. 그걸 옆에서 들은 두 아이가,
　"할머니가 일요일에 꽃구경 가야하는데, 못 가게 되어서
속상하겠다. 그렇죠?"를 연거푸 저한테 얘기하는 겁니다.
　"엄마……내가 만약에 현장학습을 못 간다고 상상을 해
보니까 너무 싫은데, 할머니도 가고 싶은 꽃구경을 못가게
되면 정말 속상할 것 같아!"

　　결국 우리는 할머니를 윤중로 꽃구경에 보내드리기로 했습
니다. 남편도 저도 일하러 나가는 날이라 아이들은 저 따라

근무 중입니다. 이 꽃 같은 날에, 자전거타고 싶은 날에…….

아이들은 오늘 다른 사람의 감정을 살필 줄 아는 매우
탁월한 능력을 발휘했습니다. 그것이 정말 기뻤습니다.

타인의 감정을 살필 줄 아는 건 매우 탁월한 능력입니다.

타 인 의 기 쁨 에
접 속 하 기

김연아 선수의 훌륭한 성적,

우리 대표팀의 눈부신 활약,

실직한 지 4개월 만에 다시 일자리를 구한 그대,

오랜 짝사랑을 끝내고 드디어 마주보게 된 그대,

생일을 맞이하고, 첫 아이의 돌을 맞이하고,

새가 울고, 초록이 짙어지고 수영장에 개구쟁이 아이들
이 몰려들고.

내 안에서 기쁨이 잘 찾아지지 않을 땐 다른 사람들의
기쁨에 접속해보세요. 나의 기쁨에만 초점을 두면, 살면서
기쁠 일이 그리 많지 않을 거예요. 계절의 변화에 감탄하
고, 타인의 기쁨에 동참하고. 이곳저곳에 접속해서 기쁨의
양과 수를 늘려보세요.

달팽이처럼 더듬이를 잘 세우고 있다가,
세상에 떠도는 많은 기쁨과 접속해보세요

데드라인이 있다는 것

제가 전하는 뉴스에서 하루에도 몇 번씩 죽음을 접합니다. '죽음'이라는 소식을 접하는 살아있는 자들의 마음은 참 당혹스럽고 불편하죠. 사회에 커다란 파장을 몰고 오는 죽음이 아니더라도 우리 주위에서 누구의 부모님, 누구의 남편이 죽고 그러다가 내 가까운 누군가의 죽음을 대면하기도 하죠. 절대 나와는 상관없을 것 같은 이런 사건이 내 주위에서 일어날 때, 그때서야 죽음이라는 단어를 체감하게 됩니다.

오늘 새벽, 함께 일하던 선배가 세상을 떠났습니다. 목소리가 걸걸하면서도 유독 컸던, 장난스럽게 툭툭 말 걸기 좋아하던 장난기 많은 선배였습니다. 휴일이나 주일이면 흰줄이 두 개 밖에 자주색 추리닝과 슬리퍼차림으로 스튜디오 밖에서 뉴스진행을 봐주곤 했었답니다. 저와 특별한 친분은 아니었어도, 제 회사 생활 10년 동안 하루에 한 번은 그 선배가 쓴 뉴스기사를 읽었을 테고, 넉 달에 한 번 정도는 그 선배의 진행 아래 뉴스를 했을 겁니다.

그리 오래지 않은 얼마 전, 몸이 안 좋다고 검사를 받고 수술을 받는다더니, 온 몸에 퍼져버린 암세포가 이렇게 빨리 그렇게 건강했던 사람을 데려갈 줄은 몰랐습니다.

그렇군요. 사람에게는 누구에게나 '죽음'이라는 데드라인이 있는 거였어요. 데드라인……. 언제까지 일을 마무리해야하는 마감일이 있다는 것은 상당한 스트레스가 되죠. 죽음을 앞둔 사람들은 오죽할까요.

하지만, 다르게 생각해보면 마감일이 있기 때문에 더욱 밀도 있는 작업을 하게 되기도 합니다. 누구나 인간은 시한부 삶을 살 수밖에 없다는 사실을 생각한다면, 우리의 삶도 더 알차고, 밀도 있는 삶이 되겠죠.

시간의 유한함을 깨닫게 된다면 사랑하지 않을 것이 없고, 용서하지 못할 일이 없고, 행복하고 감사하지 않을 것이 없고. 우리가 사는 것이 위대하고 아름답다는 것을 가장 절실히 느끼는 때는 정작 '죽음'이라는 데드라인 앞에 섰을 때 일지도 모르겠다는 생각이 듭니다.

2 0 년 후

세계적인 발레리나 강수진 씨가 〈발레 20년 감사모임〉에서 '다음 20년 후의 감사모임에서는 어떤 모습일 것 같냐'는 질문에 한 대답은 "오늘과 같을 것이다"였답니다.

그 이야기를 전해 듣고, 20년 후의 내 모습은 어떨까 생각해봅니다.

사람은 누구나 변하지만, 한편으로 사람이 변하기란 참 힘든 일. 그러니 오늘의 나는 이 정도인데, 20년 후 내 모습이 전혀 다른 모습이 되어있기를 바라는 것은 어처구니없는 꿈일지도 모르죠. 아마도 대부분의 사람이 오늘의 모습과 비슷한 모습으로 살고 있지 않을까 합니다. 정말 20년 후의 내 모습이 파격적인 변화를 맞이하기 바란다면 당장 오늘의 '나'부터 바꾸어야죠. 20년 후가 궁금하다면 지금 자신의 모습을 보면 된다는 말은 충격적이지만 사실인 것 같습니다.

오늘따라, 20년 후에도 오늘과 같은 모습일 거라는 강수진 씨의 대답이 훨씬 정직하고, 현실감 있고, 자신감 넘치는 대답으로 느껴지네요.

살 아 있 어 서
고 마 워

유명인의 자살사건이 끊이지 않는 요즘 시대에, 죽지 않고 살아 있어서 고맙다는 인사가 연예인들 사이에서 덕담이래요. 이 덕담이 나온 배경이 좀 쓸쓸하기는 하지만 사람 존재 자체에 의미를 두는 이 인사말이, 저는 싫지 않네요.

"당신이 나를 위해 무엇을 해주어서가 아니라 그저 당신이 숨을 쉬고 살아 있다는 게 고마워!"

"성공하지 못했어도, 자랑할 것 없어도, 이 각박한 세상에서 아직 살아 있는 것만 해도 정말 잘하고 있는 거야!"

그래요. 우리 앞으로 얼굴 빼꼼 내밀면서 살아 있다고 인사해주기로 해요.

살아 있어서 고맙다고 얘기해주세요.

꽃 샘 추 위 마 냥
나 도 샘 이 납 니 다

연예인 닮은 예쁜 얼굴에 직업, 집안, 신랑 성격, 시댁까지 뭐 하나 빠지는 게 없는 친구, 남편도 잘해주는데, 애들 말 잘 듣고 공부까지 열심히 잘 한다는 옆집 언니, 어릴 때부터 늘 자신을 능가하며 공부 잘 하고 잘 나가는 동생, 옷 사면 줄이지 않는 사람, 장가가는 후배, 글 솜씨 뛰어나 사연 뽑히는 사람들, 자기 분야에서 최고인 사람들, 심지어 아내의 아침밥을 꼬박꼬박 먹고 다니는 아들까지…….

오늘 아침 방송에서 봄을 시샘하는 겨울처럼, 꽃을 시샘하는 추위처럼 우리가 샘을 내 본 대상들입니다.

샘을 내거나 질투를 하면서 얻는 것이 있다면, 그건 아마도 내 속에 잠재되어 있는 욕구가 무엇인지 알 수 있다는 게 아닐까 합니다. 바른 소리 잘하는 사람을 보면서 질투가 나는 사람은 비겁하게 침묵을 지키곤 하는 내 자신을 발견하고, 내 안의 정의롭고자 하는 욕구를 알아차릴 수 있습니다. 자기 분야에서 최고인 사람들을 샘내면서 아직 서툴고 미흡한 자신을 돌아보게 되고, 더 잘하고 싶고 최고가 되고 싶은 욕구를 알아차릴 수 있다는 거죠. 물론 자신의 속 마음을 알아차리는 데도 많은 시간이 필요하고 내공이 필요합니다.

저는 예쁘게 꾸며진 웨딩카를 타고 가는 신혼부부들을 보면 늘 묘하게 시샘이 났습니다. 하얀 차에 꽃으로 앞뒤, 양옆을 화사하게 꾸미고 풍선을 휘날리며 달리는 무지하게 예쁜 웨딩카 말이죠. 말이 좋아 샘내는 것이지, 사실은 약간의 분노 섞인 짜증을 내기도 했습니다. 저런 게 다 무슨 필요가 있어? 저렇게 유난을 떤다고 잘 사는 것도 아닌데...뾰족한 말들을 내뱉으면서. 그런데 어느 날 문득 스스로에게 묻게 된 겁니다. '나는 예쁜 웨딩카를 보면 왜 이렇게 불편한 심정인가?' 사실 저는 그런 예쁜 웨딩카를 타지 못했습니다. 저는 비교적 검소하게 결혼을 한 편인데 당시에는 그것이 마땅한 일이며, 스스로도 그런 결혼식을 올린 우리 부부를 꽤 자랑스럽게 생각하기도 했었답니다. 그런데 솔직한 제 마음속에는 그런 예쁜 웨딩카를 타고 싶은 마음이 있었던 모양입니다. 결혼하고 몇 년이 지난 후에나 인정하게 된 제 욕구라고나 할까요? '나도 타고 싶었는데' '나도 타 봤으면 좋았을텐데' 라는. 욕구에 대해서 잣대를 너무 많이 들이 밀어 억누르면, 억눌린 욕구는 우리 마음의 빈틈을 타고 어떻게서든지 표출되는 것 같습니다. 그리 뾰족했던 질투심의 속내를 알아차리고 나서는 몹시 당황스러웠지만, 지금은 오히려 편해졌습니다. 되고 싶은 또는 되어야 한다고 생각한 모습과 실제 모습을 분리해서 생각할 수도 있게 됐죠.

타인을 깎아내리거나 미워하지 않고 자기 욕구를 그냥 인정하고 나면 편해지는 일들이 더 많지요. 그런 욕구를 가진 자신을 인정하게도 되고, 나쁜 욕구가 아니라면 어느 정도 노력해서 채울 수도 있는 일이니까요.

꽃샘추위에 오들오들 떠는 요즘, 봄을 시샘하는 겨울에게 한마디 하고 싶네요.

"겨울아, 봄처럼 되지 않아도 우린 너를 좋아해. 너도 꽤 멋지거든! 제발 그것 좀 알아줘!"

"타인을 시샘하는 나의 그대들도 울트라캡숑 멋지거든요. 제발 그것도 좀 알아주세요, 네?!"

그리고 똑 부러지는 일처리 능력과 야무진 성격, 현빈의 외모에 승진도 먼저 된 입사동기가 샘난다는 분. 한 가지 조언을 드리자면, 그럴 땐, 그 사람이 나보다 못할 것 같은 걸 한 번 찾아보세요.

'입사동기 그 자식은 나보다 줄넘기에 약해. 푸하하!'

유치하지만 이런 사소한 우위를 확인하는 그 순간 무지하게 통쾌해진다구요. 푸하하.

밥이 사랑이고
사랑이 밥인 사람들

소설가 김훈 씨가 쓴 〈밥벌이의 지겨움〉에는 이런 구절이 나옵니다. '전기밥통 속에서 밥이 익어가는 그 평화롭고 비린 향기에 나는 한평생 목이 메었다. 이 비애가 가족들을 한울타리 안으로 불러 모으고 사람들을 내몰아 밥을 벌게 한다. 밥에는 대책이 없다. 한두 끼 먹어서 되는 일이 아니라, 죽는 날까지 때가 되면 반드시 먹어야 한다. 이것이 밥이다. 이것이 진저리나는 밥이라는 것이다.'

매일 아침 제가 라디오에서 만나는 사람들은 대부분 밥벌이를 하러 나가는 분들이지요. 그래서인지 아침방송엔 밥 얘기가 심심찮게 등장합니다. 아침을 준비하는 아내의 이야기, 식탁에 둘러앉아 아침밥을 먹는 가족 이야기, 아내의 생일날 미역국을 끓이는 남편 이야기, 정성껏 차린 아침밥을 안 먹고 나간 딸 때문에 속상한 이야기, 꽁치가 타고 시금치가 너무 오래 데쳐진 이야기, 계란말이에 소금대신 설탕이 들어간 이야기. 끝없이 펼쳐지는 아침밥 이야기는 생각보다 생생하고 재밌어요. 한두 끼 먹어서 되는 일이 아닌 대책 없는 밥 때문에 참 우리는 많은 이야깃거리들을 만들어가고 있구나 하는 생각도 듭니다.

　하지만 밥이란 것이 정말 대책 없다는 것을 정작 느끼게 되는 것은 아내가 아침을 안 차려줬다는 어린애 같은 투정을 부리는 남편들을 만날 때지요. '아내가 아침밥도 안 차려주고 자네요. 깨워주세요. 배고파 죽겠어요'라는 문자를 받으면 정 그렇게 먹고 싶으면 자신이 찾아 먹어도 될 텐데 굳이 아내에게 아침 밥상을 받아야 하나 하는 생각이 들 때도 있어요. 하지만 밥 한 끼 때문에 과장되게 허전해 하는 모습이 한편으론 안쓰럽고 귀엽게 느껴질 때도 있답니다. "사랑한다면서 왜 밥은 안 해줘?"라고 묻는 사람들, 이런 사람들에겐 밥이 사랑인 셈이니까요. 다른 거 다 필요 없고 밥 한 그릇 정성스럽게 내주면 그게 사랑이라고 느끼는 사람들이니까요. 아내가 차려준 반찬을 줄줄이 읊으며 어깨 으쓱하면서 문자 보내는 사람들도요.

　그뿐 아닙니다. 한 끼 아침밥을 못 먹는 일은 절대 있어서는 안 되는 일처럼 진저리나게 밥상 차리는 사람들도 있어요. 깔깔한 입맛을 돋우어 밥 한술 떠 넣게 하려는 작전 아닌 작전은 아침마다 벌어지는데, 심지어 결혼한 지 한 달 정도 됐다는 어떤 새댁은 남편을 위해 그 바쁜 아침에 갈비를 굽고 있다고 소식을 전하기도 했지요. 갈비찜도 아침 메뉴로 부담스러울 판에 갈비를 굽다니! 설마 새벽부터 숯불까지 피운 건 아니겠지요? 못 말리는 새댁의 남편 사랑은 그렇게 공들인 아침 밥상으로 나타납니다.

"아침 6시에 출근하는데 아내가 항상 아침을 챙겨줘요. 고맙고 사랑한다고 꼭 전해주세요" 며칠 전 청취자 김모 씨의 짧은 사연을 듣고 나서 저 역시 밥 한 그릇의 힘을 새삼 절감했답니다.

하지만 사랑이 밥인 사람들도 있어요. 사랑을 하면 밥 안 먹어도 배부르다는 사람들이죠. 아내가 깰까봐 까치발 들고 집을 나서는 남편들이 대개 여기에 속합니다. 이들이라고 왜 배가 안 고프겠어요? 늘상 "입맛이 없어서!"라고 이유를 대지만 실은 피곤한 아내 힘들게 하기 싫어 조용히 출근하는 거랍니다. 그러곤 회사 근처 편의점에서 컵라면과 삼각김밥을 사 먹는 거죠. 때로 출근길 포장마차에서 토스트 한 조각이나 어묵 한 꼬치를 사서 먹고 들어가기도 하고요. 이른 아침 승용차 함께 타기 해주는 남자친구와 빈 속에 모닝커피를 마시는 처녀들, 아침밥 먹을 시간을 쪼개 여자친구를 회사에 데려다주는 총각들도 여기에 속합니다. 밥 대신 사랑을 먹고 사는 사람들, 이들의 사랑에서 든든한 포만감이 느껴지네요.

밥이 사랑인 사람들, 사랑이 밥인 사람들. 밥과 사랑은 불가분의 관계인 것 같아요. 한 끼 밥을 먹으며 행복을 느꼈다면 때로 그 밥 한 공기를 내미는 손길이 되어볼까요?

어느 공간이든, 어느 동네든 결국은 그곳에 살고 있는 사
람들이 만들어 낸, 눈에 보일 듯, 감촉으로 느껴질 듯한 어
떤 느낌으로 가득 차있거든요. 가정도, 직장도, 가게도, 마
을도. 심지어 온라인의 블로그나 카페도요.

〈그대아침〉 역시 청취자 여러분들과, 프로그램을 만드는
사람들의 결로 이루어져 있죠. 〈그대아침〉의 결은 꽤나 고
운 편이죠?

이번 촛불집회에 가면 그곳에 깃든 사람들의 결을 느낄
수 있겠지요. 반짝이는 촛불들이 출렁이는 붉은 물결을 이
루겠죠. 그 물결의 움직임이 평화로워야 오래 갈 수 있을
테니, 부디 평화롭기를. 그리고 아주 간절하기를.

못 다 한 이 야 기

무척 춥더라고요. 영하 5도에 바람까지 불고, 아스팔트의 한기까지 올라오니 정말 뼛속까지 얼 것 같은 느낌이더라고요. 집회가 있었던 첫날 완전무장한 동료들을 보며 웃음을 터뜨렸던 제가, 한 번 강추위를 겪고 나서 더할 수 없이 무장을 했답니다. 둘째 날에는 모자와 장갑, 목도리, 양말 두 겹, 핫팩 6개, 따뜻한 차를 담은 보온병까지 챙겨갔지요. 물론 상의 다섯 겹은 필수였고요, 기모스타킹에 솜바지를 입었답니다.

생각해보니, 추우면 추운대로 더우면 더운대로 늘 이 자리엔 사람들이 있었다는 사실을 깨달았어요. 여의도 국회 앞은 늘 뭔가를 이야기하고 외치는 사람들이 끊이지 않았으니까요.

비정규직종사자들도, 외국인노동자들도, 장애인들도, 농민들도, 미국쇠고기수입을 반대하는 시민들도 모두 이곳에 보여 억울함과 아픔을 호소했고, 자신의 권리를 주장했죠. 우리의 시위는 이제 막 시작됐지만, 1000일이 넘도록 계속되고 있는 시위현장도 있습니다. 이 자리에 서고 보니 앞서 있었던 그 사람들이 생각나더라고요. 오늘처럼 추운 날, 똑

같이 추웠을 텐데도 이 자리에 나올 수밖에 없었던 '하고 싶은 이야기가 많았던 사람들' 생각이요.

언론재벌이 언론을 장악하지 못하도록, 약자들 편에서 언론이 제 역할을 다할 수 있도록 하기 위해 이렇게 파업을 벌이고 잇는데, 생각해보니 약자들 편에 서주지 못하고, 그들의 이야기에 귀 기울이지 못했던 제 모습이 참 부끄럽더라고요.

돌아가면 더 잘 해야죠. 참된 언론의 역할을 제대로 잘 해야죠. 그래야 이 추운 날 여의도에 선 보람이 있지 않을까요?

몸의 중심

　얼마 전 한국대인지뢰대책회의에서 주최한 〈끝나지 않은 전쟁, 멈추지 않는 눈물〉이라는 공연 사회를 보았습니다. 거기에서 오랫동안 지뢰피해자들을 사진에 담아온 사진작가 이시우 씨를 만났는데 그가 저에게 이런 질문을 합니다.

　"몸의 중심은 어디라고 생각하시나요?"라고……

　몸의 중심이 어디일까? 심장? 뇌? 눈? 손발? 이런 대답이 한 번씩 머리를 스쳐가고 있는데 그가 말합니다. 몸의 중심은 아픈 곳이라고. 아픈 곳에 모든 정신이 쏠리고 아픈 곳을 배려해서 몸이 움직인다고요.

　그럼 세상의 중심은 어디겠느냐고요. 세상의 중심도 아픈 곳이라는 거예요. 그러니 세상도 아픈 곳을 중심으로 움직여야 하지 않겠냐고. 아픈 사람들을 배려하며 움직여야 하지 않겠냐고.

　아, 그러므로 세상의 중심에 서고 싶은 사람들은 세상의 아픈 곳으로 가야하는 거였습니다.

　세상의 아픈 곳으로 가는 사람들은 세상의 중심을 향해 가는 듯 씩씩하게 걸어가야 하는 거였습니다.

라디오 사연에 등장하는 자녀들은 대부분 부모의 자랑
거리인 경우가 많습니다. 시험성적이 부쩍 오르거나 학급
에서 1등을 했거나 특별한 재능이 있어 상을 받았다거나
못해도 받아쓰기 100점은 받아야, 그것도 아니라면 부모를
위한 눈물 나는 선물이나 이벤트를 준비해서 감동을 줘야
부모가 어깨 으쓱하며 사연을 쓰거든요.

하지만 소개되는 사연을 듣고서 왜 다른 아이들은 다 저
리도 출중한데 우리 아이만 이 모양일까 좌절모드에 빠질
필요는 없답니다. 왜냐하면 내 자식이랑 비슷하게 말은 죽
어라하게 잘 안 듣고 공부 시원치 않고 이벤트는커녕 통 다
정한 말 한마디 건네는 법 없는 수많은 자녀들은 그저 사
연 속에서만 등장하지 않을 뿐이니까요.

그래서 꼴찌의 아빠라고 밝힌 청취자 B씨의 사연은 유독
기억에 남습니다. 제목부터가 남다르지요. '시험 보는 아들,
299등을 위해 파이팅!'

중학교 1학년인 B씨의 아들은 지난번 시험에서 전교 380
명 중 360등을 해 부모에게 커다란 충격을 안겨줬답니다.
과외선생까지 모시고 공부에 신경을 썼건만 수학 15점, 국

어 40점, 사회 50점을 받아오던 날 B씨는 아들에게 이렇게 말했다고 해요.

"오늘부터 과외는 끊는다. 수학이 정 힘들면 하지 말고 할 수 있는 과목이라도 열심히 해라!"

회초리를 들고 혼내고 나니 공부 못해 부모의 기대에 부응 못하는 그 마음은 오죽 답답할까 싶어 안쓰러워졌다고 하십니다. 과외 단절 후 처음 보는 이번 시험을 나름대로 열심히 준비하던 아들이 한 가지 제안을 하더랍니다.

"300등 안에 들면 카메라를 사주세요."

흔쾌히 그러마 하고 지켜보니, 컴퓨터 강의를 틀어놓고는 친구들과 문자메시지만 주고받더랍니다. 그런 아들을 보아하니 299등은 힘들 것 같고, 덥다고 웃통 벗고 책상 앞에서 뭔가 하려는 모습을 보니 가능할 것도 같고 도대체 종잡을 수가 없었다고 하셨죠. 시험 보는 아들에게 300등 안에만 들어달라는 소망을 전하는 아빠의 사연은 간곡함으로는 단연 일등감입니다.

B씨의 아들은 과연 299등을 했을까요? 모르겠습니다. 다만, B씨는 후에 아들에게 이런 문자메시지를 보냈다고 전해오셨습니다.

"성적 잘 안 나왔다고 기죽지 마라. 열심히 하면 너도 잘할 수 있어. 아빠 마음 알지, 파이팅!"

내 자식 공부 잘했으면 하는 마음, 일찍부터 내 아이가 야무지고 똑똑하고 반짝이기를 바라는 부모의 마음을 어찌 모르겠습니까? 하지만 부모란 조금 떨어진 곳에서 믿음을 갖고 오래 기다려 주어야 하는 가슴 아픈 역할이기도 하죠.

가출한 고3 아들 이야기를 어렵게 꺼낸 한 청취자의 눈물 어린 사연도 잊을 수 없습니다. 방황의 이유가 무엇이든지 그저 연락만 해준다면 좋겠다는 사연이었습니다. 넘어가지도 않는 밥을 목구멍에 밀어 넣으며 눈물을 삼키는 어머니의 사연을 소개하고 나서 제 가슴도 철렁했습니다. 다행히 두 달 열흘 만에 주유소에서 일하고 있는 아들을 찾아 데려올 수 있었다고 합니다. 아침마다 살그머니 일어나 아들의 방문을 열어보고 안도하는 것으로 하루를 시작한다는 그 어머니는 이제 아무것도 묻지 않은 채 서로에게 좀 더 잘해주려고 애쓰고 있다고 하십니다.

다루기 힘든 까칠한 사춘기 자녀 이야기나 재능을 아직 발휘 못해 한없이 안타까움을 갖게 하는 자녀 이야기를 들을 때면 저는 지난 가을 뒷산에서 만났던 따끔한 밤송이들이 생각납니다. 아주 옛날, 밤이라는 열매를 알기 전에 이 밤송이를 보고 가시가 삐죽삐죽 돋아 험하게 생겼다고, 기대도 않고 지나친 사람들은 맛있는 밤을 발견하지 못했을 테지요.

허술하고 부족해 보여도, 까칠한 가시가 돋았어도, 언젠가 껍질을 벗고 나타날 튼실하고 매끄러운 자녀들의 속모습을 기다려주세요!

사춘기 자식을
대하는 방법

중학교에 입학한 제 아들은 지금 사춘기입니다. 사실 태어날 때부터 지금까지 까칠하기가 남달라서 늘 사춘기 아이를 키우는 것 같긴 했습니다. 저와는 여러모로 부딪히는 일이 많습니다. '이 녀석을 어찌해야 하나' 싶은 때도 많고요. 내 뜻대로 되지 않는 아이를 내 방식대로 바꾸려는 욕구가 스멀스멀 올라오고, 아이는 아이대로 저항하고 답답해하고. 몇 차례 서로의 마음에 상처를 주면서까지 말싸움을 한 이후 고민이 참 많아지더라고요. 그러다가 생각한 사춘기 자녀를 대하는 방법. 조금 웃기긴 하지만 '내 아들이 아니라, 친구의 아들이다'라고 생각해보는 겁니다. 또는 '나랑 생각이 조금 다른 어른이다'라든지……. 실제로 유태인 사회에서는 사춘기가 되면 어른으로 봤다고 하더군요.

부모가 내 아들, 내 딸이니까 내 마음대로 움직여줘야 한다고 생각하는 순간, 슬픈 일들이 많이 일어납니다. 남의 아들, 친구의 딸, 또는 그냥 아는 어른이다 생각하면 적어도 자녀를 무례하게 대하는 실수는 피할 수 있다는 거죠. 그리고 친구 아들을 볼 때 욕심 없이, 기준 없이 바라보게 되잖아요. 그렇게 객관적인 상황으로 놓고 아이를 그 자체로 봐주는 겁니다.. 그러면 엄마인 내게서 독립된 하나의 인격으로 인정하게 되지 않을까.

부모는 자식이 부모를 능가하는 존재가 되길 바라면서도, 하라는 대로 하기를 바라는 이중적인 존재인 것 같아요. 부모의 말만 듣고 그대로 하는 아이는 잘해봤자 부모쯤 되거나 그 아류가 될 뿐, 절대 더 나은 사람이 될 수 없는데도.

사춘기 자녀를 객관적인 관계로 놓고 바라보기, 나와 같은 어른으로 생각해보기와 더불어 한 가지 중요한 것은, 믿어주는 것이겠죠. 우리가 흔히 누군가를 격려할 때 '널 믿는다', '너의 편이다'라고 하는데, 그건 상대의 느낌과 의견과 결정을 전적으로 신뢰한다는 말입니다.

"네가 그때 화가 났다면, 정말로 그럴 만한 상황이었을 거야."

"네가 그랬다면, 그만한 이유가 있었을 거야. 너를 믿는다."

듣기만 해도 정말 힘이 되는 말이죠. 저 역시 이런 방법으로 사춘기 아들과 질풍노도의 시기를 잘 헤쳐 나갈 수 있게 기도해주세요^^

아이는 사랑해주기 위한 존재이지,
나의 말대로 움직이기 위해 있는 존재가 아니랍니다.
저도 알면서도 늘 힘든 게 사춘기 아들 다루기네요.

인 디 언 처 럼
영 혼 을 기 다 리 기

인디언들은 말을 타고 달리다가 이따금 말에서 내려 자신이 달려온 쪽을 바라본다고 해요. 행여 영혼이 따라오지 못할까봐 기다리는 거죠.

정신이 몸을 따라올 시간은 저에게도 간절히 필요하답니다. 한 주간 몸은 부지런히 움직였으나, 몸을 따라잡지 못하는 정신을 가만가만 기다려야 해요. 지금은 한 주간 제가 달려온 쪽을 바라보고 있어요. 주일근무는 이런 작업을 하기에 참 좋은 시간이죠.

내가 지금 옳은 방향으로 잘 가고 있는 것인지, 잘하고 있는지 생각할 여유가 없을 정도로 바쁜 게 현실이죠. 게다가 하루하루 시간은 지나가는데 어찌나 단조로운 생활인지 그날이 그날 같기도 하고요. 그럴수록 인디언처럼 뒤처졌을지 모르는 영혼을 기다려주세요. 기다리면서 바쁘게 달려온 몸은 쉴 시간을 벌고, 기다려주는 몸을 보면 영혼도, 정신도, 안심하고 정리하면 따라와줄 테니까요.

다 사 다 난 한 세 상 의
다 리 가 되 어

"허전합니다. 11년 동안 함께 살아와서 그런지 몰라도 저를 제일 많이 이해해주고 믿어줬던 아내와 다투고 나니 갑자기 방 안에 혼자 앉아 있는 것처럼 허전하더라고요. 제가 이렇게 허전한데 아내는 더하겠지요? 미안하다고 전해주세요. 여보, 미안해~ 그리고 앞으로 우리 더 행복하게 아름답게 사랑합시다! 사과의 의미로 아내가 좋아하는 노래 신청합니다."

남편 J씨의 사연을 보니 싸워서 좋은 일이 있다면 이렇게 멋진 화해를 할 수 있다는 게 아닌가 싶습니다. 부부싸움이란 것이 칼로 물 베기라고는 하지만, 또 부부란 서로 앙칼진 마음먹고 뒤돌아서면 지구 반 바퀴를 걸어 돌아야 서로 마주할 수 있는 아주 먼 거리의 사람들이기도 하지요. 그러다 보니, 잘 화해하는 것이 무척 중요한 일로 다가옵니다.

부부싸움의 승자는 먼저 손 내미는 사람입니다. 아내가 매일 듣는 라디오에 그녀가 좋아하는 노래를 신청하며 미안한 마음을 전했으니, 내민 손이 부끄럽지 않도록 아내가 그 손을 꼭 잡아줬으리라 믿습니다.

바쁜 아침에도 싸울 시간은 아주 충분하죠. 가족끼리 짜증내고 토라지고 버럭 화를 내고 등 돌리는 일이 비일비재

하니까요. 하지만 마음이 어느 정도 가라앉고 나면 아침부터 모진 말을 해댄 게 너무 미안하고, 그래서 화해하고 싶다는 사연과 문자가 빠지지 않고 밀려들어 오는 것도 아침이랍니다. 당사자에게 직접 문자를 치거나 전화를 해도 되련만 꼭 라디오에 부탁하십니다. "미안하다고 전해주세요!"

이럴 때 전……신이 납니다! 두 사람 사이를 살짝 이어주는 메신저가 되어 드리니까요. 화해를 요청하는 저 사람의 손 위에 상대 손을 포개어 주는 일. '담을 쌓지 말고 다리를 놓으며 살자'는 제 좌우명에 가장 충실한 일이잖아요?

하지만 얼떨결에 애매한 다리를 놓아 당황했던 적도 있답니다. 어느 해 추석명절을 하루 앞둔 아침, 보너스는커녕 두 달 치 월급도 못 받았는데 연휴에 새벽 이슬 맞으며 출근하고 있다는 안타까운 문자 사연을 소개하게 되었지요. 사연의 주인공 E씨는 의류제조 공장에서 일을 하는데 영세한 사업장이라 월급을 제 날짜에 받아본 적이 하늘의 별따기만큼 드물었대요. 꼭 사장님의 잘못이 아닌 줄은 알지만 명절 아침에 월급도 못 받는 처지가 되고 보니 어찌 사장님이 원망스럽지 않았겠어요? 그런데 그날 아침 출근을 해보니 사장님이 묻더랍니다. "혹시 자네……라디오에 문자 보냈나?"

순간 아주 몹쓸 짓이라도 하다가 들킨 아이처럼 얼굴이 후끈 달아올라 손까지 휘휘 저어가며 "무, 문자요? 제, 제가요? 아, 아니요. 무, 문자는 무슨." 하고 대답했더랍니다. 그냥 라디오에 넋두리나 하고 노래 한 곡 듣고 싶어 문자를 했는데 사장님께 폐를 끼친 것 같아 맘이 불편했다는 E씨. 사장님은 그날 거래처에서 일부 수금을 했다며 지난달 치 월급을 주셨고 작은 선물 세트를 하나씩 나눠주면서 연신 미안하다고 하셨답니다. 퇴근길에 상점에 들러서 사과 한 상자를 사장님 앞으로 배달시켰더니 사장님한테 이런 문자가 왔다고 해요.

'사과는 내가 해야 하는데 오히려 내가 자네 사과를 받는군. 고맙네.'

어쨌든 이렇게 놓인 다리도 괜찮지 않을까요? 결국 서로의 진심이 통했으니 말입니다.

어떤 중학생은 초등학교 1학년 때 담임선생님을 방송을 듣고 찾았고, 어느 40대 직장인은 라디오를 통해 소식이 끊긴 친구를 만났습니다. 라디오는 이미 형성된 관계를 이어줄 뿐 아니라 다리를 놓아 새로운 관계를 만들어주기도 하지요. 얼마 전엔 심야 라디오 프로그램을 함께 한 남자 PD와 여자 DJ가 결혼을 했어요. 방송작가와 그 방송의 열혈 청취자가 만나 결혼에 이른 경우도 있고, 심지어 라디오 청취자 모임에서 만나 결혼한 커플도 있습니다.

라디오는 다리를 놓습니다. 섬처럼 외롭게 떨어져 있는 마음을 연결하고 토라지며 등 돌린 사람들을 마주보게 하고 잊었던 관계를 다시 이어주고 새로운 인연을 중매하며……

라디오는 오늘도 지네만큼 많은 다리를 뻗어 요긴한 자리에 얹어 놓을 거예요. 음, 그러니 라디오의 주제곡으로는 〈bridge over troubled water〉가 안성맞춤이겠죠?

담을 쌓지 말고 다리를 놓으며 살아요. 우리.

산 타 로 부 터

앗싸~ 산타한테 선물 받았습니다!

TO. 좋은 엄마 용신이에게

용신아, 30년 전 네가 어렸을 때나 알던 산타할아버지야! 깜짝 놀랐을 수도 있지만 난 원래 세계에서 가장 좋은 엄마, 아빠에게도 선물을 준단다. 이번에 처음이자 마지막일수도 있고 내년에도 다시 한 번 더 좋은 모습을 보여주면 내년에도 네게 좋은 선물을 주도록 하겠다.

난 원래 아이들을 대상으로 선물을 준비해서 어른들에게는 어떤 선물을 줄지 잘 모르겠다. 밤새 생각하고 또 생각하다가 아무래도 내가 주는 어린이 선물이 마음에 안들 수도 있을 것 같아서 네가 좋아하는 아몬드 초콜릿을 주기로 했단다. 니가 맛있게 먹기를 바란다.

Merry Christmas! Ha! Ha! Ha!

12월 25일에 산타가

산타의 존재를 믿지 않는 엄마에게 산타가 있다는 사실을 알려주기 위해서 우리 딸이 준비한 거랍니다. 사랑스런 산타 칠드런 같으니라고……

스피드 vs 엣지

　　스키를 잘 타지도 못하고 스키 타기를 즐기지도 않는 제가 일주일의 시간을 스키장에서 보내게 됐다면, 뭘 해야 잘했다고 소문이 날까요? 쏟아질 듯한 하얀 슬로프들을 바라보면서 카페에 앉아 책을 읽을까. 스키타고 돌아와 배고파 죽겠다고 할 가족들을 위해서 삼시 세끼 엄마표 밥상을 일주일 내내 준비해볼까. 사람이 없어 혼자 독차지하는 재미가 있는 찜질방에서 한나절을 뒹굴 거려볼까. 야외 노천탕에서 손가락, 발가락이 쪼글거리도록, 얼굴이 화끈거리도록 앉아있어 볼까. 유수풀에서 튜브타고 한없이 유영을 해볼까.

　　이 모든 것을 다 하고도 시간이 남을 만큼 일주일의 휴가는 충분한 기간이던데요? 그래서 그냥 스키 타는 일에도 시간을 푹 한번 던져보기로 마음을 먹었던 거예요.

　　초등학교 때, 그때만 해도 '스키가 먹는 거야?' 하던 시절이었는데 부모님이 무슨 생각으로 어려운 형편에도 절 스키캠프에 보내주셨는지, 암튼 그때 며칠 배운 것을 시작으로 그 뒤에 드문드문 타기는 했어도 스키장에서 일주일간을 머무르며 타보는 것은 처음이지요.

　　스키 실력을 이야기하는 것은 차치하고서라도 전 원래

스키부츠조차도 버거워하는 사람인데, 이번엔 어디서 힘이 솟았는지 일주일 내내 지치지 않고 스키를 타서 온 가족을 깜짝 놀라게 했다니까요. 다들 이틀 스키 타고 드러누울 거라 예상했다는군요.

스키야말로 말 그대로 엣지 있는 스포츠. 잡지사 에디터들보다 더 엣지 있어야 하는 사람이 스키어들이구요. 눈 위를 미끄러져 내려올 때 중요한 것이 스키의 날, 모서리에 무게 중심을 실어서 내가 원하는 방향과 속도로 조절하는 것. 가파른 경사면에서 즐기는 바람같이 빠른 스피드가 스키의 매력이라지만 전 스키의 미덕은 스피드보다는 엣지에 있다고 생각해요.

자신의 엣지를 신뢰하는 사람만이 스피드를 두려워하지 않죠. 내가 원하는 방향으로 내가 원하는 속도로 내 삶을 조절할 수 있는 사람만이 세상의 속도를 두려워하지 않는 것 처럼요.

속도란 것은 무척 무서운 것이기도 해서 일단 한번 속도가 붙고 나면 웬만한 힘이 아니고서는 줄이거나 멈추기가 쉽지 않으니 엣지는 속도 이상의 힘이랄까요? 한 드라마에서 '엣지있게' 라는 말이 유행했었을 때, 다들 그게 무슨 말이야? 했었던 기억.

두드러지고 뚜렷하게, 개성있게, 독특하게, 폼나게

이런 뜻으로 사용된 걸로 알고 있는데, 근데 스키를 타면서 곰곰이 생각해보니 '엣지있게'는 '자신이 원하는 방향으로 무게중심을 실을 줄 아는, 속도를 조절할 수 있다'는 그런 뜻이 아닐까 해요. 세상의 빠른 속도를 대하는 자세로 괜찮지 않나요?

끝맺음이
두려울 때

　인디언식으로 11월은 '모두 다 사라진 것은 아닌 달'이래요. 참 낭만적이면서도 기분이 묘해집니다. 우리나라 사람들은 달력을 11월로 넘기면서부터 벌써 1년 다 끝난 것처럼, 바람 빠진 풍선처럼 쪼그라져 있는 게 보통인데 말이죠. 인디언식 11월의 의미가 저에게 한 줌 의욕과 희망을 던져주고 가네요.

　어떤 분이 이 말을 듣고 "그럼 인디언식으로 12월은 그래도 끝나지 않는 달쯤 되지 않겠느냐?" 하시더라고요.

　우리는 끝맺는 것과 사라지는 것을 참 두려워하죠? 하지만 모든 것이 영원하다면 사람이 느낄 수 있는 그리움이나 아쉬움, 안타까움이라는 감정은 아예 없었을 거예요. 돌아보거나 뉘우치거나 깨닫거나 다짐하는 정신적 행위들도 현저하게 줄어들지 모르죠.

　한 해, 한 해, 끝맺음이 두려울 땐 대나무를 생각해보세요. 계속 성장하기 위해서 한 번씩 마디를 끊어가는 대나무요. 하늘을 향해 쭉 오르다가 한 번 마무리 짓고 마디 하나를 만들어놓고, 또 오르고, 또 마디로 맺고.

　세상에, 이렇게 단계마다 마무리를 잘하며 자라는 나무

가 또 있을까요. 마디 하나하나가 튼튼한 연결고리가 되어 붙어 있으니 바람 많은 날에도 꺾이지 않고 계속 쭉쭉 자라나는 게 아니겠어요? 가장 곧은 나무라 칭송 받는 대나무의 비밀은 바로 수많은 마디들에 있답니다. 그 마디들은 맺음의 결과물이고요. 정리의 힘이라고나 할까요.

　저도 힘을 내야겠어요. 한 해를 맺고 정리하는 일에도 열정과 에너지가 많이 필요하니까요.

끝을 두려워하지 말고, 힘들 땐 마디를 만들어서 중간점검을 해보세요.

정리하면서도 또 마디를 이어나갈 생각에 힘이 솟을 테니까요.